KB171508

도깨비의
심
장

종란
장편소설

도깨비의 심장

이지북
EZbook

차례

── ⟨ **1** ⟩ ──

도깨비 사냥꾼

─⟨ **2** ⟩─

도깨비를 잡아먹는 도깨비

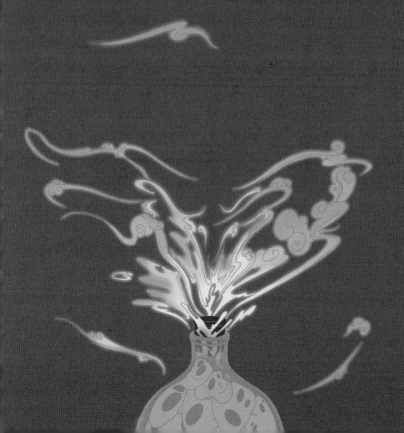

1

도깨비 사냥꾼

도저히 길을 찾을 수 없는 깊은 숲을 헤매다 어린아이의 시신을 발견했다. 썩 높지 않은 절벽 틈바구니에 구겨져 있는 모양새였다. 아이는 손에 작은 목각 인형을 쥐고 있었다. 은은한 빛을 발하고 있다는 것은 도깨비가 깃들었단 의미. 작고 여린 아이는 무엇이 그토록 간절해서 도깨비가 되었을까?

도깨비를 찾기 전, 나는 볕이 잘 드는 자리를 찾아내 아이를 묻어 주었다.

'불쌍한 녀석. 다음 생은 꼭 행복해라.'

일을 마친 나는 저무는 해를 바라보며 발길을 재촉했다. 어쨌든 저만한 아이가 발견됐다는 건 근처에 마을이 있다는 이야기. 도깨비는 둘째 치고 며칠째인지 모를 노숙을 오늘은 그만하고 싶었다. 역시나, 한참을 걷다 보니 두런두런 아낙네들의 수다가 들려왔다.

"에그, 어린것이 딱하기도 하지."

"여편네가 일찍 죽지만 않았어도 정말 좋은 아빠가 됐을지도 몰랐을 일인데. 별이 에미가 좀 고왔어?"

"쯧쯧, 안타깝지. 그리 일찍 갈 줄 누가 알았을꼬?"

"사후에 남편이 애를 내다 버린 걸 알면 무덤에서 벌떡 일어날걸?"

근방에 다른 마을은 없으니 아마도 아까 그 아이에 관한 이야기리라. 운이 좋았다. 이렇게 쉽게 사정을 알게 되었으니. 아마도 예쁜 과부가 탐이 나 잘해 주던 새아버지가 부부의 연을 맺고 살다가 과부가 죽자 애를 내다 버렸다고 추측하는 모양이다.

"시답잖은 소리들 그만하고 이만 가세."

나이 든 아낙 하나가 불편한 티를 냈다. 괜한 사람 의심한다고 그러는 모양이다. 모두가 아낙의 눈치를 보며 치마를 털고 일어섰다. 덕분에 자연스럽게 끼어들 기회를 잃은 나는 조용히 뒤를 따랐다.

곧 산중 깊은 곳에 폭 싸인 소담한 마을이 나타났다.

"어라, 저거 별이 아냐?"

"어, 그러네? 별이야!"

마을 어귀 느티나무 아래에서 이쪽저쪽 기웃거리던 아이가 홱 고개를 돌렸다. 아 이런. 내가 땅에 묻어 준 아이, 아니 도깨비가 거기 있었다.

"세상에, 정말 별이네? 어떻게 된 거야? 혼자서 숲을 빠져나온 거야? 하늘이 도왔네, 하늘이 도왔어!"

아낙들은 기쁜 얼굴로 도깨비를 에워쌌다. 다행히 도깨비는 가만히 있었다. 목각 인형에 깃든 염원이 뭔지는 몰라도 최소한 위험한 건 아닌 모양이다.

"별이 예서 뭐 하누?"

"아빠 찾아요."

"저런. 왜 집에 안 가 보고?"

"아빠가…… 싫어해요."

"쯧쯧. 아부지가 그럴 리가 있겠니? 가자, 내가 데려다주마."

하아, 이를 어쩌나. 지금 도깨비의 심장을 취하면 열에 아홉은 나를 살인귀쯤으로 여길 텐데.

'별수 없지. 아무도 없을 때를 노리는 수밖에.'

아낙들이 별이라는 도깨비와 함께 저만치 멀어졌다. 숲 어귀에서 가만히 숨어 지켜보던 나는 아무도 없을 때

마치 우연히 도착한 나그네처럼 어슬렁어슬렁 마을로 향했다. 목적지는 별이라는 도깨비가 사라진 쪽이었다. 다행히 큰 마을이 아니라 아이를 찾는 것은 어렵지 않았다.

"으힉! 귀, 귀신이다!"

한 남자의 외마디 비명이 나를 인도했다. 어느 작은 초가집 마당에 아낙들과 별이 그리고 한 중년 남자가 서 있었다.

남자는 별이를 보고 사색이 되어 있었다. 아낙들이 그런 남자를 타박했다.

"아니, 이 양반이 미쳤나. 별이잖소!"

"그, 그럴 리가 없소!"

"이보오, 김 씨. 아무리 피가 안 섞였대도 그러는 거 아니오. 멀쩡히 살아 있는 애 보고 귀신이라니."

"내가 봤단 말야!"

"무엇을 봤단 말이오?"

"절벽……."

남자는 갑자기 입을 다물었다. 아낙들은 어리둥절한 얼굴이었다. 상황을 이해한 것은 오직 나뿐이었다.

'저런 금수만도 못한!'

불행히도 이 상황을 이해하지 못한 아낙들이 무슨 말

을 해야 하나 고민하는 차에 별이가 입을 열었다.

"아부지, 나 배고파. 왜 별이는 밥 안 줘?"

도깨비의 말에 아낙들이 하나둘 도끼눈이 되었다.

"아부지가 너한텐 밥을 안 주던?"

누군가의 용감한 질문에 별이가 울상을 짓고 고개를 끄덕였다.

"아부지 맨날 혼자 밥 먹었어. 별이는 숭늉만 먹었어."

"내, 내가 언제!"

아낙들의 얼굴이 대번에 굳어졌다. 다만 모두가 가장 연장자인 반백의 아낙 눈치를 보느라 아무 말도 하지 못했다.

"아부지, 별이 배고파."

성큼 별이가 다가가 남자의 소맷자락을 잡은 순간 남자는 비명을 지르며 줄행랑을 놓았다. 어린 별이의 눈에 그렁그렁 눈물이 맺혔다.

"김 씨 정말 못쓰겠네."

"혹시 진짜 숲에다 버리고 온 거 아냐?"

"그러곤 잃어버렸다고 거짓부렁을……."

"이 사람들이 애가 듣는데!"

반백의 아낙이 일갈하자 모두가 뚱한 얼굴로 입을 다

물었다. 별이는 아무것도 듣지 못한 듯 뚝뚝 닭똥 같은 눈물을 흘릴 뿐이었다.

아무래도 목각 인형에 담긴 염원은 김 씨와 관련이 있는 듯했다. 중요한 건 그 염원이 뭐냐는 것이다.

"근데 아까부터 뉘슈?"

나는 얼른 헤벌쭉 웃어 보였다.

"지나가던 나그네입니다."

아낙들이 잠시 서로 눈빛을 주고받으니 가장 나이 많은, 여태껏 계속 아낙들의 입방아에 호통치던 아낙이 앞으로 나섰다.

"묵을 곳을 찾니?"

아낙의 말투를 보니 대번에 내 나이를 꿰뚫은 모양이다. 일부러 상투를 틀고 갓과 도포까지 챙겨 입었건만.

"염치없지만, 그렇습니다."

"그럼 가자. 내 방 하나 내어 줄 터이니."

"형님, 별이는 어째요?"

아낙의 고민은 길지 않았다. 반백의 아낙은 푸근한 미소를 지으며 손을 내밀었다.

"아부지가 잠시 어머니가 생각나셨나 보다. 우선은 나랑 가자꾸나."

별이는 망설임 없이 아낙의 손을 잡았다.

"너도 가자."

나는 얌전히 아낙의 뒤를 따랐다. 별이는 그런 나를 전혀 신경 쓰지 않았다. 도리어 내가 계속 힐끔거리는 형국이었다.

아낙이 살갑게 말을 걸어왔다.

"아직 어린 듯한데."

"하하, 먹을 만큼은 먹었습니다."

"무슨 사연으로 나그네가 된 게야?"

"그냥 뭘 좀 찾는 중입니다."

"쯧, 인생사가 뭐 그리 복잡하누. 양친은?"

굳이 답하고 싶지 않아 나는 말을 돌렸다.

"이 아이 말입니다. 혹시 쌍둥이입니까?"

"쌍둥이? 갑자기 그건 왜?"

"숲을 헤매던 중 절벽에서 숨진 아이를 하나 보았는데 이 아이랑 생김이 같았거든요."

놀란 듯 잠시 발을 멈춘 아낙은 다시 걷기 시작했다.

"별이는 외동이야. 비슷하게 생긴 다른 아이겠지."

당장 도깨비라 밝혀 본들 사기꾼 취급 받기 딱 좋다는 걸 경험으로 알고 있는 터라 나는 거기서 멈췄다.

자신을 봉산댁이라 밝힌 아낙의 집에 도착하여 다소 이른 저녁밥을 얻어먹고 나그네의 본분을 마다할 수 없어 일거리를 찾아 기웃거렸다. 봉산댁이 어린게 무슨 일이냐 며 쉬기나 하라고 타이르던 그때, 누군가 찾아왔다.

"봉산댁 게 있는가?"

삼색 띠를 두른 노파는 딱 봐도 무당이었다.

"신모님께서 여긴 웬일이오? 나는 굿한다고 한 적 없는 데."

"별이가 여기 있담서?"

"우리 집 양반하고 놀고 있소만."

"내 확인할 것이 있으니 잠시 듦세."

신모라 불린 허리 구부정한 무당 뒤에서 주춤대고 있는 김 씨를 발견하고 봉산댁의 얼굴이 일그러졌다.

"김 씨, 아무리 애가 키우기 싫대도 그러면 안 되는 법이네. 멀쩡히 살아 있는 아이더러 귀신이라니. 신모님도 그러시는 거 아닙니다. 김 씨가 어떤 양반인지 알면서 이리 동조하시다니요."

"진정하게. 나는 아이가 귀신이 아니라는 걸 확실히 하려고 온 걸세."

"하이고, 신모님! 저거 정말로 귀신이라니까요!"

늙은 무당은 김 씨에게는 눈길 한번 주지 않았다.

"아이는 어디 있나? 어쨌든 일단 보기라도 해야 믿는 시늉이라도 하지."

"아 시늉이라니요! 정말로 귀신이라니까요!"

김 씨의 헛소리에 봉산댁은 한숨 쉬며 결국 뒤로 물러났다. 무당은 훠이훠이 제집처럼 안방으로 향하더니 문을 열었다. 봉산댁의 다 늙은 남편과 실뜨기하던 별이가 눈을 동그랗게 떴다.

무당은 중얼중얼 이상한 말을 웅얼거리며 무슨 나뭇가지로 툭툭 별이를 건들었다. 정말로 무언가 하는 것이라도 도깨비는 반응하지 않을 것이라 걱정은 없었다.

어느새 소식이 전해졌는지 몰려온 마을 사람들이 이리저리 기웃대며 별이와 무당을 눈여겨보았다. 그중에서도 김 씨는 가장 간절한 눈을 하고 있었다.

잠시 후, 한참 만에 무당이 마당으로 내려서더니 대뜸 호통쳤다.

"김 씨, 자네. 아무리 아이가 버겁기로 그러면 안 되네! 멀쩡한 아이를 귀신 취급 하다니. 어찌 인두겁을 쓰고 그런 짓을 해!"

"정말 귀신이라니까요? 신모님까지 속으시면 어떡합

니까!"

"떽! 혼인으로 맺어진 인연도 배 아파 낳은 인연이나 마찬가지야. 데려가서 잘 기를 생각이나 해."

"아, 답답하네, 증말! 내가 봤단 말이오!"

김 씨는 텅텅 제 가슴을 주먹으로 후려쳤다. 결국 봉산 댁이 끼어들었다.

"대체 무얼 봤단 말인가?"

"뭐긴 뭐요! 숨이 넘어간 거지! 내가 직접 확인하고 절 벽 틈새에 숨겨 놓기까지 했는데!"

일순 싸늘한 공기가 묵직하게 내려앉았다. 그제야 멍 청한 김 씨도 자신이 무슨 말을 했는지 바로 알아챘다.

김 씨가 뒤늦게 무어라 수습하려고 입을 벌린 바로 그 때였다.

"맞아요. 아부지가 그랬어요."

무당의 뒤를 따라 마당까지 나온 별이의 나지막한 음 성은 놀랍도록 맑고 깨끗했다. 감히 인간의 것이라 할 수 없을 만큼.

"별이가 배고프다고 우니까 엄마 보러 가자 해 놓고 절 벽에서 밀었어. 별이 아팠어. 무서웠어. 아빠 기다렸어. 근 데 아빠가 와서 이렇게 말했어."

별이의 눈이 번뜩였다. 작은 소녀의 입에서 김 씨의 목소리가 튀어나왔다.

"에잉, 아직도 안 죽었네. 젠장, 밤새 두면 죽으려나?"

모두의 눈이 휘둥그레졌다. 무당이 매섭게 나뭇가지를 바투 잡았다.

"정말로 귀신이었던 게냐?"

별이가 씩 웃었다. 다시 천진난만한 목소리가 흘러나왔다.

"별이는 죽었어. 왜냐하면 아부지가 절벽에서 밀었거든. 바로 저기 있는 저 아부지가!"

별이의 시선이 김 씨에게로 향했다. 그 순간 헉하고 소리 낸 김 씨가 가슴을 움켜쥐었다. 얼굴이 창백했고 눈알은 튀어나올 것 같았다. 말할 수 없는 고통에 사로잡힌 얼굴이었다. 이 멋진 복수극을 속 후련한 심정으로 지켜보던 나는 뒤늦게 정신을 차렸다.

도깨비의 본성은 선이다. 애초에 도깨비는 어린아이와 같아서 속이기도 쉽지만 그것은 어디까지나 정화된 후의 이야기. 깃든 염원의 종류에 따라서 도깨비는 얼마든지 사악해질 수 있다. 그리고 아마도 이 목각 인형 도깨비에게 깃든 것은 원망 혹은 복수.

"별이 아팠어! 왜 그랬어!"

인간의 것이 아닌 소리가 대기를 찢었다. 모두가 혼비백산하여 몸을 감췄다. 오직 별이가 귀신이라 굳게 믿고 있는 무당과 별이를 사랑하는 봉산댁과 고통에 몸부림치는 김 씨만이 남아 있었다.

"별이! 배고팠어!"

천진난만했던 별이의 얼굴이 점차 험악해졌다.

"별이랑 같이 가자!"

쾅. 대기가 무겁게 진동하자 모두가 헉 소리를 내며 주저앉았다.

"별이야, 그러면 안 돼……."

힘없이 팔을 뻗는 봉산댁의 옆에서 무당이 기세 좋게 일어서 복숭아 나뭇가지를 휘둘렀다.

"귀신은 물렀거라! 산 사람의 일은 산 사람이 해결해야 하는 법! 망자는 망자의 세계로 돌아가거라!"

그러나 안타깝게도 별이는 도깨비였다. 귀신을 퇴치하는 주문 따위 먹힐 리 없었다. 별이는 그저 무심하게 무당을 한번 쳐다보더니 다시 김 씨에게 다가갔다. 별이가 가까워질수록 김 씨의 고통은 더욱 커지는 듯했다.

"별이랑 같이 가자, 엄니한테로."

씨익 웃는 별이의 입꼬리가 매서웠다. 김 씨의 얼굴이 파래졌다. 제아무리 악인일지라도 생명은 귀하다. 더 두고 볼 수 없어진 나는 냉큼 품에서 목각 인형을 꺼내 절구에 던져 넣고 절굿공이를 쳐들며 외쳤다.

"당장 그만두지 않으면 부숴 버린다!"

혹시나 싶었으나 다행히 먹혔다. 매섭도록 단호한 내 목소리에 도깨비는 겁을 집어먹고 냉큼 목각 인형 속으로 돌아갔다. 아마도 염원자가 어린아이라 도깨비도 그만큼 더 순진하지 않았을까.

슉. 갑자기 눈앞의 아이가 사라진 상황에 모두가 놀라 자빠졌다.

이런 일에 익숙한 무당이 가장 먼저 정신을 차리고 내게 다가왔다.

"별이는 분명 귀신이 아니었습니다. 혹시 뭔지 아십니까?"

"아이는 도깨비입니다."

"도깨비?"

"예. 전날 숲에서 죽은 아이를 묻어 주었습니다. 그 아이의 손에서 이것을 발견했지요."

나는 허리를 숙여 절구에서 목각 인형을 꺼내 보였다.

어느새 다시 몰려든 마을 사람 모두가 알아보았다.

"저거 별이 생부가 만들어 줬다고 한 그거 아녀?"

"맞네, 그거네!"

"죽은 아이의 물건에서 도깨비의 기운을 발견했습니다. 하여 그 도깨비를 잡으러 이곳에 오게 되었습니다."

"그럼 별이는? 별이는 정말 죽은 겐가?"

봉산댁이 하얗게 질린 얼굴로 기다시피 다가와 내 바짓가랑이를 붙들었다. 나는 가만히 고개를 끄덕였다.

"도깨비는 주인과 같은 모습을 갖지요. 제가 묻어 준 아이는 도깨비와 같은 모습을 하고 있었습니다. 여러분이 도깨비를 보고 별이라 하셨으니……. 예, 맞습니다. 제가 묻어 준 아이가 별이일 것입니다."

"하면 별이가 한 말은……."

"사실인지 아닌지 저는 모릅니다."

김 씨의 만행에 대한 설명은 그거면 충분했다.

겨우 도깨비의 공격에서 풀려나 고통을 지워 가던 김 씨는 사방에서 몰려드는 날카로운 시선에 창백한 얼굴로 주춤주춤 물러났다. 그러나 이미 동그랗게 에워싼 사람들을 피하기에는 역부족이었다.

한참 만에야 정신을 차린 봉산댁이 단호한 얼굴로 나

를 보았다.

"아이의 무덤은 어디 있나?"

"멀지 않은 곳입니다."

볼일이 끝났다는 듯 봉산댁은 사람들을 뚫고 김 씨에게 다가갔다.

"가세, 별이에게."

"보, 봉산댁!"

"뭣들 하는가, 당장 끌고 가지 않고!"

봉산댁의 호통에 장정들이 우르르 김 씨에게 달려들었다. 호리호리한 김 씨는 우람한 장정 셋을 도저히 감당할 수 없었다.

내가 제일 앞에 서고 그 뒤를 봉산댁이 따랐다. 마을 사람들은 천천히 한 줄로 봉산댁의 뒤를 따랐다. 중간에서 발버둥 치는 김 씨를 제외하면 누구 하나 입도 벙긋하지 않았다. 한참이나 깊어진 밤. 작고 소담한 봉분 앞에 김 씨가 패대기쳐졌다. 김 씨는 서슬 퍼런 사람들의 기세에 주춤주춤 무덤 앞에 가서 무릎을 꿇었다.

"미, 미안하다."

그러고는 천천히 머리를 숙였다. 그걸로 다 끝났다고 여기는 듯 그는 눈에 띄게 안도했다. 하지만 불행히도 아니었다.

봉산댁이 서슬 퍼런 얼굴로 입을 열었다.

"이제 우리는 자네를 여기다 버릴 것이네."

"봉산댁!"

"다시는 우리 마을에 발을 들이지 말게. 들키는 날엔 돌에 맞아 죽을 것이니."

김 씨는 벼락이라도 맞은 얼굴이었다. 이런 깊고 깊은 산골의 외딴 마을에 사는 사람들이란 다 사정이 있기 마련. 그로서는 갈 곳이 없는 것이리라.

"이 첩첩산중에 아무것도 없이 덜렁 어쩌란 말인가! 갈 곳 없는 처지인 거 다들 잘 알지 않나!"

"그건 내 알 바 아니네. 가세."

모두가 냉정하게 몸을 돌렸다. 기겁하는 김 씨를 지켜보는 재미가 쏠쏠했다. 그래, 나쁜 짓을 했으면 응당 벌을 받아야지. 이리저리 살피던 김 씨가 냉큼 내게 매달렸다.

"도, 도와주게."

하, 이런 어이없는 일이.

"귀신인가 도깨빈가가 죽이려는 걸 살려 줬잖어? 그러니 한 번만 더 도와주게. 나, 나는 원래 양반이었어. 이런 숲에서 혼자 살아가는 방법 따위 모른다고. 그러니까……."

"내가 구한 것은 도깨비였습니다."

"뭐?"

"도깨비를 살인자로 만들 순 없었거든요."

"그게 무슨 귀신 씻나락 까먹는 소리야! 산 사람이 어찌 죽은 사람보다 못하단 거야!"

하, 어이가 없다.

나의 경멸 어린 시선을 알아챈 김 씨는 철푸덕 주저앉아 버렸다. 나는 콧방귀를 뀌고 서둘러 마을 사람들을 따랐다.

봉산댁의 집에서 새벽녘까지 뒤척였다. 품에는 도깨비가 깃든 목각 인형이 있었다. 내가 지키고 있는 이상 도깨비가 튀어나올 일은 없겠으나 당장 봉인해야 안심이 될 듯했다. 하여 나는 해가 뜨기도 전에 집을 나섰다. 봉산댁도 밤새 뜬눈으로 지새운 건지 아니면 부지런하여 원래 이 시간이면 일어나는 건지 따라나섰다.

"눈치가 빠른 아이면 알아챘겠지만 다 사정 있는 사람들이라 네 사정도 이해해 줄 거다. 갈 곳이 없다면 정착해도 좋은데."

"아닙니다. 해야 할 일이 있습니다."

"그 해야 할 일이 대체 무어라고."

굳이 답을 바란 것은 아니었던 듯 봉산댁은 내 묵묵부답에 그저 빙그레 미소만 지어 보였다.

"본인이 싫다면야 어쩔 수 없지. 도와준 건 무척 고마워."

"어차피 제가 해야 할 일이었습니다."

"해야 할 일?"

"도깨비에게 안식을 주는 겁니다. 그래서 말인데 이 목각 인형, 제가 챙겨도 될까요?"

내가 내민 목각 인형은 푸르스름하게 빛나고 있었다. 아마도 봉산댁은 알아보지 못하겠지만.

목각 인형을 뚫어져라 바라보는 봉산댁은 처음 봤을 때와 달리 기운이 없어 보였다. 나는 차마 친절한 이 여인을 그냥 외면할 수가 없었다.

"별이를 무척 아끼셨나 봅니다."

봉산댁이 희미하게 웃었다.

"자식 손주를 한날한시에 잃었는데 별이가 우리 손녀를 참 많이 닮았지. 그래서 어찌나 애틋하던지."

글썽글썽 맺힌 눈물을 냉큼 옷고름으로 닦아 낸 봉산댁이 환히 웃었다.

"어쩌나. 앞으로 며칠은 노숙해야 할 텐데. 워낙 외진 곳이라."

"노숙이야 이골이 난걸요."

"혹여 김 씨를 보더라도 도와주진 말고."

"걱정 마십시오. 그럴 생각 눈곱만큼도 없으니."

"그럼 잘 가게."

나는 꾸벅 허리 숙여 인사를 건네고 마을을 떠났다.

첩첩산중에서 갈 곳 없는 김 씨는 어찌 될까? 어떤 의미에서 도깨비의 복수는 성공한 것이리라.

별이의 도깨비를 거두어야 하는데 새삼스럽게 지금껏 거두어 온 다른 도깨비들의 마지막 순간이 떠올랐다. 도깨비는 인간의 염원만 없으면 신령한 존재다. 내 주문이 그들을 구하기 위함임을 모를 리 없다. 그런데도 모든 도깨비가 하나같이 그 순간만 되면 공포에 사로잡혔다. 혹시 별이라는 아이의 도깨비도 그럴까. 혹시 복수가 성공한 것을 알려 주면 좀 평온하려나?

"무슨 고민을 그리 깊이 해? 본체까지 얻어 놓고서."

나는 화들짝 놀라 갑자기 등장한 자를 경계했다.

나만큼이나 남루한 무명옷을 입은 사내는 딱 봐도 내 또래였는데 패랭이를 쓰고 있었다. 성년 전일 텐데 상투를 튼 게 분명했다. 어려 보이는 나그네는 조금 무시당하고 말지만 어린 나그네는 위험하다. 나 또한 같은 이유로 상투를 틀고 갓을 썼으니 이해했다.

"도깨비의 기운이 느껴져 서둘렀는데 한발 늦었네."

밑도 끝도 없이 친근하게 구는 자였다. 그런데 나 또한 틀림없이 처음 보는 이자가 어딘지 낯설지 않았다.

"그거 어쩌려고?"

한참 만에야 패랭이가 말한 '그거'가 목각 인형임을 알아챘다. 잠깐만, 이게 뭔지 안다고?

"너, 이게 뭔지 알아?"

"응. 도깨비가 태어나는 게 느껴지길래 서둘러 달려왔는데 헛수고했지, 뭐."

"도깨비가 태어나는 순간을 느꼈다고?"

믿을 수 없었다. 사부님께서는 내게 그런 게 가능하다는 걸 알려 주지 않았다. 사부님도 모르는 경지에 이른 자인 건가. 아무리 봐도 내 또래인데.

놀란 토끼 눈을 한 나를 보고 패랭이가 멋쩍게 머리를 긁적였다.

"내가 좀 잘 타고나서."

그러더니 냉큼 말을 돌렸다.

"일부터 해야지. 그러다 또 튀어나올라. 아직 김 씨가 저기 어디 헤매고 있던데."

"다 지켜본 거야?"

"말했잖아. 서둘러 왔는데 선수를 뺏겼다고. 중간에 끼어드는 것도 좀 그래서."

기척도 느끼지 못했다. 도대체 얼마나 고수인 걸까.

모름지기 배움이란 끝이 없는 법. 나는 목각 인형을 내밀었다.

"나보다 한 수 위인 거 같은데 실력 좀 보자."

"그래도 돼? 네가 얻은 건데."

"괜찮아. 대신 네 기술 나한테도 가르쳐 준다고 약속하면."

패랭이는 또 뒷머리를 긁적였다.

"이게 배운다고 배울 수 있는 게 아닌데."

재능의 문제란 건가. 자존심이 상했다.

"일단 해 봐. 해 보면 보고 내가 결정할 테니."

"뭐, 그렇다면야."

잠시 내 눈치를 살피며 머뭇거린 패랭이는 이내 결심한 듯 소중히 목각 인형을 손에 쥐고 주문을 외웠다. 곧 목각 인형이 환하게 빛을 내더니 점차 사람의 형태를 취하며 부풀었다. 어느새 별이가 나타났다. 눈을 지그시 감고 평화를 되찾은 듯한 얼굴이었다.

스르륵 별이가 눈을 뜨자 생긋 웃은 패랭이가 별이의 머리를 쓰다듬었다.

"이젠 괜찮아."

몇 번 눈을 깜빡인 별이가 배시시 웃었다. 순진무구함, 그 자체였다.

"다 끝났어요?"

"응. 그래도 이 근처는 안 오는 게 좋을 거야. 알지? 네 주인이랑 너랑 모습이 같은 거."

별이가 고개를 끄덕이자 패랭이가 또 뭔가 짧은 주문을 외웠다. 반짝. 어딘가의 풍경이 흐릿하게 나타났다가 별이의 눈동자로 빨려 들었다. 나는 언뜻 그 지형이 맷골과 비슷하다고 생각했지만 그보다 더 놀라운 이 상황에 홀려 차마 묻지 못했다.

"가 봐. 거기 가면 친구들이 있을 거야."

"고맙습니다."

도깨비는 고개 숙여 인사하더니 패랭이가 내미는 목각 인형을 받아 들었다. 그러고는 팟 소리와 함께 빛을 뿜어 내며 사라졌다.

한참 만에야 나는 상황을 알아차렸다.

"도망갔잖아!"

"도망가다니? 누가?"

패랭이가 고개를 갸웃했다. 답답했다.

"도깨비 말이야! 본체를 가지고 사라졌잖아."

"본체가 부서지면 죽는걸? 본인한테 주는 게 맞잖아."

"아니, 그러니까 그걸 그냥 보내면 어쩌냐고. 정화해야지!"

나는 속이 터졌다. 인간의 욕망에 잠식당한 도깨비는 때때로 위험하다. 그런 녀석을 그대로 보내다니.

"정화했는데?"

"뭐?"

"정화했다고."

"길일도 아니고 제도 안 지냈는데 정화를 했다고?"

"그런 거 번거로운데 꼭 해야 해?"

혼란스러웠다. 패랭이는 감추는 게 없는 얼굴이었다. 정말로 제사 같은 건 필요 없다는 태도였다.

"정화……한 거라고?"

"응."

"길일도 제사도 없이?"

"그냥도 되는데 굳이?"

나는 이자의 말이 진실임을 알았다. 그러니까 녀석은 정말로 실력자였던 거다. 역시 세상은 넓은 곳이었다.

그렇다면 친해 둬서 나쁠 것 없겠지. 끝 모를 방랑, 혼자보다 둘이 덜 외로울 테고. 그러자 갑자기 반가워졌다.

"대단한 실력이야. 혹시 한 수 배울 수 있을까?"

패랭이는 가문의 비법이라도 되는 것처럼 한참을 고민했다.

"누굴 가르쳐 본 적은 없지만, 동행이라면 괜찮겠네."

그 정도면 충분하다. 어깨너머로 배우기. 내가 잘하는 거니까. 나는 씩 웃었다.

"나는 엄치욱이라고 해. 잘 부탁한다."

"나는 남술의라고 해. 나도 잘 부탁해."

함께 따라 웃은 술의는 금세 웃음을 지우고 다소 진지한 얼굴로 물었다.

"근데 너는 길일을 잡아 제를 올려서 정화해?"

"어? 으응."

왜 말을 더듬은 걸까.

"그럼 길일까지 도깨비는 어떻게 관리해? 정화되지 않으면 가끔 되게 위험할 텐데."

"어, 아니 그건……."

호리병에 가둘 때마다 고통으로 일그러지던 도깨비들의 얼굴과 놀라우리만치 평화로웠던 별이의 얼굴이 떠오르자 어쩐지 양심의 가책이 느껴졌다. 어쩌면 모두가 행복해질 방법이 있는데 능력이 부족해서 고통스러운 방법을 쓰던 건 아니었을까.

"왜, 비밀이야?"

내가 선뜻 답하지 않자 술의가 캐물었다. 양심의 가책을 느낀 나는 냉큼 내질렀다.

"비, 비밀이거든?"

뭐 이런 어린애 같은 대답을…….

"치, 별게 다 비밀이다."

다행히 술의도 입을 삐쭉이는 지극히 또래다운 반응을 보였다. 참 다행이었다.

'절대로 그 집에서 주는 음식에는 손도 대지 말아야 한다. 알
겠느냐?'

대낮임에도 햇빛 한 점 들지 않아 컴컴하기 짝이 없는 숲을
걸으며 철옹이는 주지 스님의 말을 연거푸 되새겼습니다.

7대 독자 철옹이는 지나치게 예쁨만 받으며 자란 탓에 세 번
의 죽을 고비가 닥친다고 하여 주지 스님에게 맡겨졌습니다. 그
렇게 동자승이 되어 두 번의 고비를 무사히 넘긴 열다섯 번째
생일, 철옹이는 마지막 고비를 넘기기 위해 산을 넘는 중이었습
니다. 이유도 모르고 형 혼자 좋은 데 간다며 부득불 따라나선
춘삼이는 무엇이 그리 신나는지 연신 깡충거리며 호들갑을 떨
었습니다.

깊은 밤 해가 지고서야 비로소 스님이 말한 집이 모습을 드

러냈습니다. 철옹이는 침을 꼴깍 삼키고 용감하게 대문을 두드렸습니다. 집주인 아낙과 그 가족은 철옹이와 춘삼이를 극진하게 대접해 주었습니다.

잠시 뜨끈한 방에서 기다리고 있노라니 상다리가 휘어지도록 차려진 진수성찬이 들어왔습니다. 맛있게 먹으라며 눈웃음까지 던진 아낙이 방문을 닫고 나가자 춘삼이가 두 눈이 휘둥그레져서 달려들었습니다.

'절대로 그 집에서 주는 음식을 먹어선 안 되느니라.'

철옹이는 다시 한번 주지 스님의 말을 되새겼지만 고깃국의 유혹을 떨치지 못하고 국을 휘휘 저었습니다. 그러자 수북한 검은 머리카락이 보여 기겁하며 뒤로 물러났습니다. 새하얀 쌀밥 사이사이에도 까만 머리카락이 듬성듬성 박혀 있는 것이 그제야 눈에 들어왔습니다. 그러나 춘삼이는 머리카락이 보이지 않는 듯 새하얀 쌀밥을 듬뿍 퍼 주저 없이 입으로 가져가려 했습니다.

"주지 스님께서 먹지 말라시지 않았느냐!"

철옹이가 춘삼이에게 외쳤지만 춘삼이는 어리둥절한 표정으로 바라보다가 혼자 다 먹을 셈이냐며 버럭 화를 냈습니다. 하얀 쌀밥과 고깃국을 거부하기에 춘삼이는 아직 너무 어렸습니다. 철옹이가 열심히 말려도 소용없었습니다. 춘삼이는 철옹이의 만류가 무색할 만큼 맛있게 모든 음식을 먹어 치웠습니다. 결국 춘삼이는 잠이 들어 버렸습니다. 아무리 흔들어도 깨어나지 않았습니다. 덜컥 겁이 난 철옹이는 걸음아 날 살려라 도망쳤습니다. 춘삼이를 버려 두었다는 죄책감이 밀려왔지만 뒤에서 들려오는 날랜 발소리가 죄책감을 밀어냈습니다.

한참을 도망친 끝에 드디어 발소리가 들리지 않게 되었습니다. 안도의 한숨을 내쉬던 철옹이는 문득 집을 떠나던 날 어머니가 주셨던 부적을 그 집에 떨어뜨렸다는 것을 알게 되었습니다. 주지 스님의 말에 의하면 아무런 효력 없는 종이 쪼가리에 불과했지만 어머니께서 주신 소중한 부적이었습니다. 철옹이는 두 눈을 질끈 감고 조심조심 다시 그 집으로 향했습니다.

드디어 집이 있던 자리에 도착했습니다. 하지만 집은 온데간데없고 커다란 바위굴만 있었습니다. 의아했습니다. 하지만 부적을 꼭 찾아야만 했기에 조심조심 동굴 입구로 다가갔습니다. 그리고 안을 살펴보기 위해 머리를 들이밀었는데…….

"어흥!"

"으헉!"

낯선 마을에 도착하자마자 커다란 느티나무 아래에 아이들이 옹기종기 모여 있는 것을 발견했다. 아이들은 모두 어떤 할아버지의 이야기에 푹 빠져 있었다. 할아버지의 이야기가 어찌나 신명난지 그저 지나가며 슬쩍 들린 몇 마디에 홀려 어느새 나도 아이들 틈에 끼어 앉았다. 그러다 이렇게 어르신의 갑작스러운 호랑이 흉내에 철푸덕 주저앉고 만 것이다.

"어르신! 애 떨어질 뻔했지 않습니까!"

"예끼, 이놈아! 사내놈이 떨어질 애가 어디 있어? 다른 게 떨어졌으면 모를까."

커다란 느티나무 아래에서 나와 함께 이야기를 듣고 있던 꼬마들은 어르신의 호랑이 흉내에 이미 저 멀리 도망가고 없었다. 유일하게 남아 있던 술의는 나를 바라보며 뭐가 그리 재미있는지 연신 쿡쿡거릴 뿐이었다. 민망했지만 호기심을 감출 수 없었다.

"그래서 어찌 되었습니까?"

"뭐가?"

"철옹이랑 춘삼이 말입니다."

"지금 그걸 몰라서 묻는 겨? 당연히 한 놈은 호랑이 밥이 되고 한 놈은 살아남았지."

"누가 살아남고 누가 먹혔는데요?"

눈살을 찌푸린 어르신이 곰방대를 휙 휘두르며 쓰읍

소리를 냈다. 당최 영문을 몰랐지만 궁금한 건 참을 수 없었다.

"누가 먹히고 누가 살았냐니까요?"

"아, 이놈아. 당연히 철웅이가 살아남았겠지."

"그럼 부모한테 무사히 돌아간 건가요?"

"이놈이 끝까지!"

어르신이 또 곰방대를 휘두르며 다가오신다. 나는 정확히 내 머리통을 노리는 곰방대를 피해 얼른 몸을 움직였다.

"이야기를 하다 마셨잖아요! 끝까지 해 주셔야죠!"

"이놈이 정말로!"

어르신은 연거푸 곰방대를 휘둘렀지만 느려터진 움직임에 얻어맞을 내가 아니었다.

"앞으로는 꼭 끝까지 이야기해 주시라고요. 아셨죠?"

나는 어르신을 향해 나름의 분노를 토해 내고는 얼른 자리를 떴다. 어르신은 다람쥐보다 더 잽싼 나를 따라잡을 수 없어 내 뒤에 대고 소리 지르는 게 다였다. 술의는 연신 쿡쿡거리며 나를 따랐다.

"왜 그렇게 어르신을 못살게 굴어?"

"내가 언제 못살게 굴었냐? 이야기를 하다 마니까 화가 나서 투덜거린 거지."

"아니, 뻔한 이야기를 왜 그리 묻는단 말야?"

"뻔하다니, 세상에 뻔한 이야기가 어디 있어?"

"'금도끼 은도끼' 몰라?"

"몰라."

"'도깨비 방망이'는?"

"그건 알지. 나는 도깨비 사냥꾼이니까."

술의의 표정이 묘하게 변했다.

"사냥꾼?"

내가 아는 이야기는 도깨비와 관련된 것뿐이었다. 그도 그럴 것이 맷골의 유일한 이야기꾼이었던 개똥이 할아버지가 해 주는 모든 이야기는 도깨비와 관련된 것이었다. 문득 맷골을 떠올린 나는 머리를 휘저어 훌훌 털어 버렸다.

잠시 멍한 표정으로 서 있던 술의가 다시 걸으며 말을 이었다.

"이야기꾼들은 절묘한 순간에 이야기를 끊어야 해. 그래야 다음에 사람들이 또 오니까. 근데 그걸 그리 대놓고 물어보았으니."

"그다음에 난 여기 없다고."

"그럼 좀 정중하게 물어봤어야지."

"하! 그래, 넌 예의 바른 놈이고 나는 아니라 이거지?"

"그런 뜻이 아니잖아."

"아니긴 뭐가 아니……."

점점 목소리가 커지는데 누군가 갑자기 우리 대화에 끼어들었다.

"뭔데? 재미있는 이야기라도 있어?"

얼마 남지 않은 새하얀 머리칼로 올린 부실한 상투, 낡은 망건, 가슴까지 늘어뜨린 허연 수염, 주름 자글한 얼굴, 눈가에 커다란 사마귀 하나. 호기심 가득한 얼굴로 우리 둘 사이에 끼어든 어르신은 방금까지 곰방대를 휘두르며 호랑이 이야기를 해 주던 어르신이 분명했다. 나와 술의는 이 어르신이 사람이 아닌 도깨비임을 단번에 간파했다.

"뭔데, 뭔데? 재미있는 이야기가 있으면 나도 좀 들려 줘!"

나는 훌쩍 날아 뒤로 물러났다. 술의 역시 마찬가지였다. 제법 거리를 벌린 우리 사이에서 도깨비가 연신 이쪽 저쪽을 오가며 호기심 가득한 얼굴로 자꾸 이야기해 줄 것을 청했다.

"빨리빨리 이야기해 줘! 더 많은 이야기가 필요해!"

우리는 잽싸게 오던 길을 되돌아갔다. 얼른 어르신께 가서 어느 물건에 도깨비가 깃들었는지 확인해야 했다. 아무리 이야기가 재미있기로서니 그것도 알아채지 못하다니. 불행히도 느티나무 아래에는 어린아이 몇몇만 모여 놀고 있을 뿐이었다.

"여기서 이야기하시던 할아버지 못 봤니?"

우리는 공기놀이를 하고 있던 어린 여자아이에게 물어보았다. 아이는 고개를 몇 번 갸우뚱하더니 손가락으로 내 등 뒤를 가리켰다.

"저기 오시는데요?"

여자아이는 어르신이 아닌 도깨비를 가리키고 있었다.

"이야기해 줘, 어서! 더 많은 이야기가 필요하단 말이야!"

이야기를 해 주지 않아서일까? 어르신, 아니 도깨비의 표정이 점점 험악해지기 시작했다. 단순히 험악한 표정 정도가 아니었다. 실제로 입이 귀까지 찢어지고 곧이어 눈이 화등잔만 해졌다. 그것으로 모자라 점점 덩치까지 커지고 있었다.

"이야기, 해, 달란 말이야!"

평화롭던 마을 공터가 공포에 휩싸였다. 삼삼오오 모

여 놀이를 하던 어린아이들이 순식간에 사방으로 비명을 내지르며 흩어졌다. 나와 술의는 심상치 않아 보이는 도깨비를 바라보며 버티어 섰다. 깎아지른 절벽이 등 뒤를 막아선 이 작고 평화로운 시골 마을에 도깨비를 상대할 사람은 틀림없이 우리 둘뿐이었다.

"더! 더 많은 이야기가 필요해!"

새 이야기에 대한 욕망이라. 최고의 이야기꾼이 되고 싶은 건가.

"이야기가 필요해! 어서 새로운 이야기 해 줘!"

나는 당당히 도깨비 앞을 가로막으며 술의에게 외쳤다.

"본체를 찾아와!"

술의는 대답 없이 고개만 끄덕이고는 순식간에 사라졌다. 놀라운 속도였다. 감탄할 새가 없었다. 도깨비가 자꾸 내 앞에서 발을 쿵쿵거리면서 이야기해 달라고 요구했다. 하지만 나는 아는 이야기가 없었다. 손바닥에서 땀이 옹달샘처럼 솟아났다. 쥐고 있던 부채가 자꾸 미끄러질 것만 같았다.

이런 도깨비를 만난 것은 처음이었다. 비록 무예를 배우기는 했으나 그간 사용할 일은 별로 없었다. 지금껏 내가 만나 온 녀석들은 어린아이 다루듯 살살 달래거나 무서운 표정으로 화를 내면 어지간해서는 다 해결되었다. 그것이 도깨비라는 존재의 기본 속성이다. 그런데 이 녀석은 그래서 더 위험해 보였다. 어린아이처럼 빨리 이야기해 달라 조르는데 만약 이야기가 마음에 들지 않으면 아무렇지 않은 얼굴로 나를 밟아 으깰 것 같았다.

"자, 진정하고! 그렇게 무섭게 윽박지르면 이야기를 못 해 준다니까?"

나는 녀석이 도깨비임에 명운을 걸기로 했다.

"이야기, 해, 줘!"

"아, 이야기해 준다니까! 어서 얌전해지지 못해!"

나는 기어코 어린아이를 혼내는 것처럼 버럭 소리를 질렀다. 다행스럽게도 역시 도깨비는 도깨비였다. 도깨비는 움찔하고 놀라더니 푸슈슉 소리를 내며 줄어들었다.

"빨리 이야기해 줘."

어느새 다시 호기심 가득한 어르신의 모습이 된 도깨비가 어린아이처럼 두 눈을 동그랗게 뜨고는 땅바닥에 주저앉아서 나를 보았다. 기대에 찬 눈빛에 나는 고심했다. 내가 알고 있는 이야기는 개똥이 할아버지가 해 준 이야기가 전부였다.

'그래도 혹시 모르잖아?'

나는 연신 이마에 흐르는 땀을 닦아 내며 초롱초롱 빛 나는 눈으로 쳐다보는 도깨비를 바라보았다.

"'도깨비 방망이' 이야기해 줄까?"

"다른 거!"

"아, 아는 거구나? 알았어. 그럼 '도깨비감투' 이야기해 줄까?"

도깨비의 얼굴이 험악하게 바뀌었다. 덩치만 그대로지 딱 아까 그 모습이 된 것을 보니 이 이야기도 알고 있는 게 분명했다. 왜 이렇게 땀이 나는 걸까?

"빨리 이야기해 줘!"

나는 이리저리 머리를 굴리다 번쩍하는 생각과 함께 부채를 착, 접었다.

"목각 인형 도깨비 이야기해 줄까?"

역시. 도깨비의 눈이 초롱초롱 빛을 뿜어냈다. 당연히 모르는 이야기겠지. 가엾은 어린아이와 악한 계부의 이야 기. 이 동네에 나와 술의 빼고는 아는 이가 없을 거다.

나는 깊이 숨을 들이마시고 이야기를 시작했다.

"옛날 옛적 호랑이 담배 피우고 까막까치 말할 적에 목 각 인형 도깨비가 살았습니다."

일흔을 훌쩍 넘긴 어르신의 외양을 가진 도깨비가 서

너 살짜리 아이처럼 깍지 낀 손등 위에 턱을 얹고 눈을 반짝였다.

"그 도깨비는 가엾은 어린아이의 염원이 만들어 낸 도깨비였습니다."

입이 바짝바짝 탔다. 아무리 흉내를 내 봐도 아까 이야기하던 어르신 같은 느낌이 살지 않았다. 이러다 재미없다고 화낼까 걱정되었다.

"별이 엄마를 흠모하던 김 씨는 아낙의 마음을 사로잡기 위해 아이에게 지극정성이었습니다."

나는 될 대로 돼라, 속으로 외치며 끝까지 밀고 나갔다. 다행스럽게도 도깨비는 자신이 모르는 이야기라는 이유만으로 흥미진진해했다.

"그래서 김 씨는 벌을 받고 도깨비는 행복해졌답니다!"

"그러니까 그 나쁜 계부는 마을에서 쫓겨나고 꼬맹이가 죽으면서 태어난 도깨비는 정화돼서 행복하게 살았다는 이야기야?"

"그렇지! 바로 그런 이야기라고!"

나는 속으로 안도했다. 이 도깨비는 내 이야기에 감탄한 모양이었다. 아마도 내가 생각보다는 이야기에 소질이 있었나 보다. 아예 직업을 바꿀까 하는 생각도 들었다.

"또 해 줘!"

또 이야기해 달라는 도깨비의 요청에 직업을 바꾸자는 생각은 한순간에 달아났다. 생각나는 이야기가 없었다. 나는 곰곰이 생각하다가 내가 해결한 또 다른 도깨비 이야기를 해 주기로 했다. 순조롭게 두 번째 이야기를 끝낸 후, 도깨비가 또 다른 이야기를 요구할 때는 아예 그동안 본 도깨비들 이야기를 순서대로 죽 읊어 주기로 했다.

도깨비는 정말 흥미진진하게 이야기를 들었다. 나는 그 도깨비의 표정을 보면서 다시금 전업을 고민했다. 어쩌면 소질이 있는 건지도 몰랐다. 도깨비는 정말로 내 이야기가 재미있다는 표정을 하고 있었다.

한동안은 아무 문제 없었다. 내가 만난 도깨비의 숫자는 좀 되니까 술의가 오기 전까지는 잡아 둘 수 있으리라 생각했다.

문제는 내 이야기 실력이었다. 장황하게 부풀리고 늘려 가며 천천히 이야기를 풀어야 했다. 그러나 내 실력은 그저 사실 나열에 불과했고 그래서 너무 빨리 끝이 나 버렸다. 내 장황한 일대기가 그렇게 한순간에 끝나 버리다니. 나는 실망하고 말았다.

하지만 내 실망은 도깨비의 실망에 비하면 터무니없는

수준이었다.

"이야기 더 해 줘!"

"이, 이제 없는데?"

"그래도 더 해 줘!"

"아니, 할 이야기가 없는 걸 어떻게 해 주란 거야!"

무시무시한 도깨비의 모습을 까맣게 잊어버린 나는 버럭 화를 내고 말았다. 도깨비는 아주 친절하게 내 기억을 일깨워 주었다.

"이야기 더 없다고 했어! 다른 이야기꾼 찾을래!"

거대해진 도깨비는 거대한 몸을 일으켜 쿵쿵 걸었다. 나는 흡사 지진이라도 난 것 같은 상황 속에서 다 찌그러진 갓을 붙들고는 헐레벌떡 도깨비의 뒤를 따랐다.

"어딜 가는 거야!"

"너, 이야기 없어! 나는 새 이야기 필요해!"

쿵쿵 연거푸 발을 내딛는 도깨비의 서슬에 초가집 한 채가 속절없이 무너져 내렸다. 어떻게든 녀석을 말려야 했다. 나는 거침없이 부채를 꺼내 움켜쥐고 펄쩍 뛰어 도깨비 녀석의 궁둥이를 퍽 후려갈겼다. 도깨비가 발길을 멈추더니 천천히 고개를 돌렸다. 나는 크게 외쳤다.

"말 안 듣는 녀석은 이야기를 들을 수 없다고!"

"나는 이야기 필요해!"

"말 안 듣는 녀석한테 누가 옛날이야기를 해 준단 말이냐!"

"너! 이야기 없다!"

내 노력이 무색하게 도깨비는 다시금 나를 무시하고 등을 돌려 다른 사람을 쫓기 시작했다. 오금이 저렸는지 옴짤달싹도 못 하고 곁에서 바라보고만 있던 한 중년 사내를 발견한 도깨비는 그쪽으로 방향을 틀었다.

"이야기 내놔!"

중년 사내는 눈이 곧 튀어나올 것처럼 커졌지만 도망가지 못했다. 도깨비는 순식간에 중년 사내의 목덜미를 잡아 올렸다. 거대해진 도깨비의 코앞에서 대롱거리고 있는 사내는 그대로 오줌을 지렸다.

"이야기해 줘!"

"그, 그런 거 모, 모르는데…….'

"그럼 필요 없어!"

도깨비는 휙 하고 사내를 가볍게 집어 던졌다. 저 높이에서 떨어진다면 십중팔구는 목이 부러질 터였다. 나는 잽싸게 몸을 날려 사내를 받아 냈다. 사내는 내가 놔주기 무섭게 헐레벌떡 도망쳤다.

"자꾸 못된 짓 하면 회초리 맞는다고 말한 거 같은데!"

도깨비의 몸을 타고 몇 번 도약한 끝에 순식간에 얼굴 높이까지 떠오른 나는 힘차게 부채를 휘둘러 도깨비의 미간을 후려쳤다.

"작아지라고!"

도깨비는 꿈쩍도 하지 않았다. 도리어 험상궂은 얼굴을 더욱 심하게 일그러뜨렸다. 나는 땅바닥에 발이 닿자마자 다시 가볍게 몸을 튕겨 도깨비의 다리, 허리, 어깨를 연달아 밟고 도약하여 또 한 차례 녀석의 미간을 내려쳤다. 그러나 불행히도 내 공격은 아무 타격도 주지 못했다.

"너! 나쁘다!"

도깨비가 방향을 틀어 내게 다가왔다. 쿵. 거친 발걸음에 하마터면 납작하게 눌릴 뻔했다. 과연 술의 본체를 찾았을까? 얼마나 버텨야 할지 모르는 상황에서 녀석을 약 오르게만 해서는 불리해질 뿐임을 깨달았다.

"다시 작아질 마음은 없는 거지?"

"나 화났어!"

"역시 없구나?"

나는 한숨을 푹 내쉬었다. 부채를 소매에 잘 집어넣고는 허리춤의 채찍을 끌러 들었다. 시험 삼아 크게 휘둘렀다. 마른 흙바닥에 부딪힌 채찍에서 위협적인 소리가 뿌려졌다.

"미안하다. 원래 이럴 마음은 아니었는데 네가 너무 말을 안 듣는구나."

나는 오른팔을 머리 위로 들어 크게 원을 그렸다.

"나를 원망하지 마라!"

도깨비를 향해 채찍을 뿌린 그때였다.

"뭐 하는 거야!"

어느새 나타난 술의가 도깨비의 앞을 가로막더니 내 채찍을 팔뚝에 감았다. 나는 흠칫 놀랐다. 분명 팔뚝인데 채찍을 통해 전해지는 느낌은 강철 말뚝에라도 감긴 것 같았다.

"지금 대체 뭐 하는 거야!"

"보면 몰라? 말을 안 들으니까 어쩔 수 없잖아! 본체는 찾았냐?"

술의는 말없이 다른 손에 들고 있던 곰방대를 들어 보였다. 거리가 멀어 조금 애매했지만 뭔가 야릇한 빛이 맴도는 듯 보였다.

"다시는 도깨비에게 이딴 짓 하지 마!"

술의가 팔을 휘둘러 채찍을 풀어 주었다. 날 바라보는

눈빛에 경멸이 담겨 있었다. 갑자기 빈정이 상했다.

"나라고 이러고 싶었는 줄 알아? 도저히 감당이 안 되는데 어쩌란 거야?"

"앞으로 절대로 폭력을 사용하지 않겠다고 약조해."

"아, 안 한다잖아! 본인이 오징어가 될 판에 그것이 그리 중해?"

나 때문에 약이 오를 대로 오른 도깨비는 자신을 구해 준 녀석인 줄도 모르고 잔뜩 성난 얼굴로 술의를 향해 발을 내디뎠다. 역시나 예상했던 대로 술의는 가뿐하게 자리를 피했다. 술의가 서 있던 자리에는 쿵 하는 소리와 함께 뿌연 먼지가 일어났다.

날렵하게 몇 번 몸을 날려 멀어진 술의는 도깨비를 노려보았다.

"눈싸움이라도 하게? 그래선 이기기 쉽지 않을 텐데?"

나는 팔짱까지 끼고 술의를 비웃었다. 그때 바람이 불어 왔다.

술의 주변의 모래와 나뭇잎을 이리저리 흔들어 대던 바람이 삽시간에 술의의 옷자락을 찢어발길 듯 거세게 불어닥쳤다. 술의를 중심으로 거대한 소용돌이가 일어났다. 한참이나 뱅뱅 돌던 바람은 마치 폭발하듯 사방으로 뿜어

졌고 움찔 놀라 감았던 눈을 다시 떴을 때 거대한 도깨비
는 흔적도 없었다. 도깨비를 한순간에 제압했다는 놀라움
도 잠시, 그 순간 나는 용이를 떠올리고 말았다.

＊

내가 용이를 처음 만난 것은 한가로운 어느 가을날이
었다.

"치욱아! 치욱아!"

작게 들리는 아버지의 목소리에 나는 한숨을 내쉬며
바지춤을 끌어 올렸다.

"치욱아!"

에휴, 한숨을 내쉬며 뒷간에서 나온 나는 초가집 모퉁
이를 돌아 주황색 감이 주렁주렁 익어 가는 돌담 옆 감나
무를 지나쳐 앞마당의 평상까지 한달음에 뛰어갔다.

"거 똥이라도 좀 편하게 눕시다!"

"아휴, 어쩐지 어디서 똥내가 나더라니."

아버지가 코를 틀어막고 인상을 찌푸리며 손사래 쳤
다. 다 자업자득이다. 누가 똥 누는데 부르라고 했나, 뭐.

"이거, 저기 남산골 박 할머니 댁에 전해 주고 오려무

나.”

나는 여전히 코를 막은 아버지의 다른 손에서 달랑거리는 약첩을 바라보았다.

또 심부름. 너무하지 않나 싶었다. 겨우 열두 살에게 지금 출발하면 쉬지 않고 걸어도 해 질 녘에나 돌아올 수 있는 거리를 이렇게 옆집 가듯 심부름시키다니.

“아부지, 혼자 남산골까지 가다가 호랑이라도 나타나면 우째요?”

내 말에 아버지가 어이없다는 표정으로 나를 바라보았다. 나도 내가 한 질문이 얼마나 어이없는지 잘 알았다. 이미 수백 번도 더 다닌 길이다. 호랑이는커녕 여우도 없는 산이다. 하지만 나는 실망이라도 한 것처럼 고개를 푹 숙이고는 애꿏은 땅바닥만 발로 찼다.

“치, 빈말이라도 조심하라고 해 주면 어디 덧나요?”

여전히 어이없다는 표정을 짓고 있던 아버지가 몸을 일으켰다. 나는 냉큼 사립문을 밀고 담장 밖으로 몸을 빼냈다. 아버지보다 내가 한발 앞섰다. 아버지는 평상에 걸쳐져 있던 빗자루를 들고 엉거주춤 짚신을 신다가 이미 길가로 뛰쳐나간 나를 보고 허허 웃음만 지으셨다.

“다녀올게요!”

"오냐, 조심히 댕겨와라! 호랑이 조심하고!"

"네!"

아버지의 배웅을 받으며 나는 돌담을 따라 뛰었다.

우리 아버지는 작디작은 맷골의 유일무이한 의원이었다. 맷골뿐 아니라 바로 인접한 남산골까지 포함해 봐도 의원은 우리 아버지 하나뿐이었다. 이 시골 촌구석 어디서 그런 걸 배우셨는지 몰라도 내가 날 때부터 의원이셨다. 덕분에 밥 굶는 일은 없었지만 이렇게 심부름이 끊이지 않았다. 받은 만큼 보답해야 한다면서 늘 공짜로 약재를 퍼다 주시는 탓이다.

'어머니한테나 좀 더 잘해 주시지!'

나는 물끄러미 달랑거리는 약첩을 한번 바라보고 칫하는 소리를 냈다. 어머니는 아버지가 고치지 못하는 유일한 환자였다. 우울해진 내 심정과 달리 하늘은 정말 높고 푸르렀으며 바람은 상쾌했다.

"치욱아!"

등 뒤에서 들린 아리따운 목소리에 절로 미소가 지어졌다. 꽃순이었다.

"꽃순아!"

"어디 가니?"

"으응, 심부름."

"또 약첩 배달 가는구나?"

"응."

나는 내 심장 뛰는 소리가 혹여 꽃순이에게 들리면 어쩌나 싶어 몸을 꼬았다.

"흐음, 소꿉놀이하려 했는데 못 하겠네."

"소꿉놀이?"

"응. 어떡하지? 서방님 할 사람이 없는데."

꽃순이의 서방님. 나는 이 기회를 놓칠 수 없었다.

"금방 다녀올 수 있어."

"에이, 남산골을 어떻게 금방 다녀오니?"

"산 넘으면 돼."

"산 넘는 게 어디 쉬운가?"

"쉬지 않고 달릴 수 있어."

"정말?"

"정말."

"그럼 해 지기 전에 올 수 있어?"

"응, 그러니까 꼭 기다려!"

"알았어. 얼른 다녀와야 해."

나는 걸음아 날 살려라 하고 눈썹이 휘날리게 달렸다.

얼른 다녀오라는 꽃순이의 목소리가 귓가에서 맴돌았다. 나는 덜렁거리며 성가시게 하던 짚신까지 벗어 한 손에 쥐고 달렸다. 원래대로라면 길을 따라 산을 빙 둘러 세월아 네월아 걸을 셈이었지만 꽃순이가 기다린다면 그럴 수 없었다. 나는 냅다 산길로 향했다.

경사는 완만했지만 역시 산은 산이었다. 헉헉 몰아쉬는 숨소리에 정신이 없을 지경. 입 안이 바짝바짝 마르고 목구멍까지 타는 듯한데 갑작스레 내 또래 소년 하나가 길을 막았다.

"안녕?"

나는 고개를 갸우뚱했다. 녀석은 푸른 비단 복건까지 제대로 차려입고 있었다. 인근에 내가 아는 모든 마을이 찢어지게 가난했는데 비단 복건이라니.

"네가 엄치욱이지? 맷골 엄 의원 아들."

나는 눈살을 찌푸렸다. 남산골 놈들 이제 이런 수까지 쓰는 건가 싶었다.

"넌 누구야? 남산골에서 왔냐?"

"아니."

"미리 말해 두는데, 그리 쉽게 당하진 않을 거거든? 덤비려면 어서 덤벼. 아주 혼구녕을 내 줄 테니."

제법 무시무시한 표정을 짓고 말했건만 녀석은 피식하고 웃었다.

"웃었냐, 지금?"

나는 더욱 험상궂은 표정을 하고 노려봤지만 녀석은 아무렇지 않아 보였다.

"너 바쁘지 않아? 박 할머니 댁에 약첩 전해 주고 꽃순이랑 소꿉놀이하러 가야 하잖아."

꽃순이의 이름을 듣자 아리따운 얼굴이 떠오르는 바람에 나는 그만 배시시 웃어 버렸다. 그러자 녀석이 까르르 웃었다. 그 소리가 마치 나를 놀리는 것 같아서 얼굴이 붉어졌다.

"하하하. 열두 살이나 먹고 아직도 소꿉놀이라니!"

역시 나를 놀리는 게 맞았다. 어딜 감히. 나는 냅다 주먹을 휘둘렀다. 야심 찬 내 주먹은 안타깝게도 허공을 가로질렀다.

"폭력은 나쁜 거야. 아버지가 안 가르쳐 주시던?"

나는 또 내 눈을 의심해야 했다. 녀석은 번쩍하더니 어느새 내 등 뒤에 있었다.

"너……."

"심부름이나 다녀와. 내가 도와줄게."

도와주다니, 그게 무슨 말인가 싶은 찰나 갑자기 칼바람이 불어와 두 눈을 질끈 감았다. 엄청나게 몰아치는 바람에 몸이 휘청거려 당황하는 사이 단단하게 딛고 있던 땅의 감각이 사라져 버렸다. 나는 볼썽사납게 버둥거렸다. 순간 두려워져서 악, 비명이 튀어나오려는데 갑자기 바람이 가라앉았다.

눈을 뜬 나는 바보가 되어 버렸다. 눈앞에 익숙한 풍경이 펼쳐져 있었다. 호박 넝쿨을 인 초가지붕, 온갖 나물이 말라 가는 평상, 붉은 고추가 넓게 펼쳐져 있는 마당.

펼쳐 놓은 고추를 손질하시던 박 할머니가 뒤를 돌아보았다.

"치욱이냐? 언제 온 게냐?"

"바, 방금이요."

"으이그, 어린 네가 고생이 많네."

나는 이 믿을 수 없는 상황에 얼결에 할머니에게 약첩을 건네드리고 냉수까지 한 사발 얻어 마셨다.

그 집을 나와 터덜터덜 남산골 마을 어귀로 걸어 나올 때까지도 나는 어리둥절해했다. 언제나 나를 노리고 있는 남산골 아이들 눈에 띌 걱정도 잊은 채 그저 멍하니 혼이 나간 것처럼 터벅터벅 걸었다. 그러다 얼른 정신을 차렸다. 꽃순이와의 약속이 생각났다. 어찌 됐든 예상보다 훨씬 일찍 도착했으니 다행이었다.

다시금 구불구불한 산길을 달렸다. 꽃순이와의 행복한 소꿉놀이를 꿈꾸며. 하지만 나는 또 같은 상황에 맞닥뜨렸다.

"다녀왔니?"

아까 그 녀석이 방긋 웃으며 내 앞을 가로막았다.

귀티가 흐르는 정체불명의 소년. 그러나 더 생각할 겨를이 없었다. 지금 내 머리에는 온통 꽃순이와의 약속뿐이었다. 만약 약속을 지키지 못한다면 분명 그 덩치만 커다란 돌쇠놈이 서방을 하겠다고 울고불고 난리를 쳐서 마음 약한 꽃순이를 휘어잡을 것이다.

"나, 집에 보내 줘!"

"안 궁금해? 내가 누군지."

"몰라. 나쁜 귀신이나 괴물이었으면 벌써 날 잡아먹었겠지. 어서 나 솜 맷골 입구로 보내 줘."

"너, 아버지랑 똑같구나. 이런 것도 혈통인가?"

아버지라니. 갑자기 의문이 솟아올랐지만 나는 또 물을 수 없었다. 아까와 같은 세찬 바람이 휘몰아쳤기 때문이다. 바람이 잦아들었을 때 나는 맷골 우리 동네 어귀에서 있었다.

눈을 뜨기 무섭게 저 멀리 꽃순이가 몇 명의 남자아이들에게 둘러싸여 있는 게 보였다.

나는 매섭게 소리치며 뛰었다.

"야, 너희! 꽃순이 건들면 죽는다!"

그렇게 나는 산길에서 만났던 소년에 대한 기억을 그해 가을까지 까맣게 잊었다.

그러던 어느 늦가을, 그날도 제법 쌀쌀해진 바람을 맞으며 꽃순이를 찾아 헤매고 있었다. 아픈 어머니 때문에 할 일이 많은 나를 뒤로하고 다른 아이들은 벌써 연날리기가 한창이었다. 마을 어귀 추수한 지 한참 지나 메마른 논 위에 기다란 꼬리 세 개를 휘날리는 방패연 하나가 높다랗게 떠 있었다.

방패연이라니. 모두 벌어진 입을 다물 줄 모른 채 하늘에 떠 있는 연과 돌쇠 손에 들린 얼레를 번갈아 바라보고 있었다.

"야, 나도 한번 해 보자!"

나는 거리낌 없이 외쳤지만 돌쇠는 흘깃하기만 할 뿐 대답하지 않았다.

"나도 한번 해 보자고!"

돌쇠는 들은 척도 하지 않았다. 화가 났지만 그렇다고 강제로 빼앗을 수도 없었다. 인정하기 싫지만 돌쇠 놈은 나보다 힘이 셌다.

"흥, 나도 하나 만들면 된다!"

그래서 나는 되지도 않는 허세를 부렸다. 내 말이 허세란 것을 이미 잘 알고 있는 돌쇠는 콧방귀를 꿰었다. 나는 남몰래 주먹을 쥐었다. 돌쇠와 방패연을 보는 꽃순이의 눈동자가 반짝반짝 빛나고 있었다. 돌쇠놈이 흘깃거리는 모양새가 꽃순이의 관심을 끌기 위해 방패연을 구해 온 게 틀림없었다.

"연날리기 따위 하나도 재미없다, 뭐!"

나는 치미는 화를 누르지 못해 다시 한번 악을 쓰듯 외치고 냅다 마을로 뛰었다. 방패연을 날려 보지 못한 것도, 꽃순이가 다른 놈에게 정신을 팔고 있는 것도 모두 기분 나빴다. 하지만 마을 어귀에 다다라서는 다시금 뒤를 돌아볼 수밖에 없었다. 하늘 높이 떠오른 방패연이 휘날리는 기다란 꼬리 세 개가 살랑살랑 어서 오라고 손짓하고 있었다. 나도 날리고 싶다, 딱 그 생각을 할 때였다.

"너도 연날리기할 테냐?"

마치 뿅 하는 소리라도 들린 것만 같았다. 녀석이 내 앞에 있었다. 얼굴을 보기 무섭게 녀석을 처음 만난 날의 기억이 떠올랐다. 새삼 그동안 어떻게 잊고 지냈는지 이해할 수 없었다.

"너, 귀신이냐?"

"나처럼 귀여운 귀신 본 적 있니?"

"나는 귀신 자체를 본 적이 없거든?"

"나 귀신 아냐."

"그럼 뭔데?"

"나는 바람이야."

부모님 취향 한번 독특하시네.

"이름 물어본 거 아닌데?"

녀석이 자지러지게 웃었다.

"그게 아니라 내가 바람이라고."

미치려면 곱게 미쳐야 하건만. 그때 차가운 바람이 뺨을 스치고 지나갔다. 나는 바람을 따라 움직이는 풀잎 하나를 가리키며 다시 물었다.

"설마 저 바람?"

"응."

아, 큰일이다. 앞으로 나라가 어찌 되려고 이런단 말인가. 심각하게 녀석의 정신 상태를 걱정하고 있는데 녀석이 씩 웃었다.

"그래서, 연날리기할 테냐?"

분명 비어 있던 녀석의 양손에 어느새 녀석의 몸뚱이만 한 방패연 하나와 얼레가 나타났다. 그 녀석이 나타날 때처럼 또 뿅 하는 소리가 들린 것만 같았다. 평소라면 신기한 일에 깜짝 놀라야 정상이었다. 하지만 나는 하늘에 떠 있는 돌쇠의 방패연과 녀석의 손에 들린 방패연을 번갈아 바라보며 꽃순이를 생각했다. 녀석의 기이한 정신세계와 마찬가지로 기이한 상황에 대한 의문은 또다시 주술에라도 걸린 양 훌훌 날아가 버렸다.

"할래! 바람아, 그 연 내게 다오."

"용이야."

"응?"

"내 이름은 용이라고."

"알았어, 용아. 그 연 나 줄 거지?"

용이가 씩 웃었다.

"그럼. 너 주려고 일부러 만든 건데."

뛸 듯이 기뻤다. 용이는 양손을 쑥 내밀었고 나는 냉큼 연과 얼레를 빼앗듯이 받아 쥐었다. 용이가 웃자 나도 따라 웃었다. 드디어 연이 생겼다는 생각에 마냥 좋았다. 하지만 기쁨도 잠시 고민에 빠지고 말았다. 높이 연을 띄우고 극적으로 나타나고 싶었다. 그러려면 벌판으로 나가야 하는데 바로 그 벌판에 아이들이 있었다.

'그냥 들고 갈까? 아니야. 그건 맥 빠지는데……'

"내가 도와줘?"

"뭘?"

"이리 줘 봐."

용이의 말에 나는 무심코 연을 내밀었다.

"잘 봐. 까무러치지 말고."

나는 흥 하고 콧방귀를 뀌었다. 피 묻은 식칼을 문 처녀 귀신이 나타난다고 해도 까무러치지 않을 자신이 있었다.

용이는 무심하게 새라도 날리는 것처럼 휙 하고 연을 공중에 던졌다. 그러자 놀랍게도 연이 훌쩍 뛰어오르더니 곧 얼레와 이어진 명주실을 팽팽하게 만들며 떠올랐다. 나는 까무러치지는 않았으나 그만 어리어리한 표정을 짓고 말았다.

"뭐 해? 어서 얼레를 풀어!"

용이의 다급함에 나는 정신을 차리고 얼레를 풀었다.

믿을 수 없었다. 연은 그대로 하늘로 죽죽 올라갔다.

'어떻게 한 거지?'

바람이 휘익, 불면서 명주실에 닿은 손끝에 기묘한 긴장감이 느껴졌다. 그 순간 난 기이한 상황에 대한 의문을 모두 잊었다. 나는 연신 입술을 핥으며 신중하게 명주실을 당겼다. 내 연이 슬금슬금 돌쇠의 연 근처로 움직였다. 드디어 동네 아이들이 내 연을 발견하고 환호했다.

"치욱이도 연을 가지고 왔어!"

"진짜로 연이 있었나 봐!"

손가락질까지 해 가며 떠들던 아이들이 갈팡질팡하더니 두 패로 갈렸고, 그중 한 무리가 내게 뛰어왔다. 뿌듯했다. 나를 향해 달려오는 무리 속에 꽃순이가 있었다. 나는 씩 웃으며 용이에게 감사를 표했다.

"고맙다."

"좋아하니 다행이다."

멀리서도 성난 돌쇠의 표정이 한눈에 들어왔다. 돌쇠가 질끈 입술을 깨물자 녀석의 연이 심상찮은 움직임을 보였다.

"어어?"

가장 먼저 달려와 옆에서 구경하던 개똥이가 하늘을 가리키며 소리를 질렀다. 돌쇠의 연이 가까워지고 있었다. 아마 싸움을 걸려는 것 같았다. 걸어오는 싸움을 피할 내가 아니었다. 힘이 아닌 기술로 승부를 겨루는 연싸움쯤 충분히 이길 자신이 있었다.

나는 조심스럽게 돌쇠의 연 쪽으로 연을 움직였다. 잠시 후 두 개의 연을 이은 명주실이 교차했다. 나는 집중하여 얼레를 풀었다 감았다 해 보았다. 맞닿은 실을 통해 전해지는 미세한 감촉에 돌쇠 역시 얼마나 신중하게 움직이고 있는지 알 것 같았다. 나와 돌쇠의 조심스러움은 안중에도 없는 듯 돌쇠 쪽 아이들도 내 쪽 아이들도 다들 뭐가 그리 신이 나는지 소리 지르며 난리를 피웠다.

"도와줄까?"

아이들이 연을 따라 앞으로 몰려 나간 사이 용이가 슬쩍 말을 걸었다.

"괜찮아. 내가 너보다 더 잘할걸?"

나는 눈길 한번 주지 않고 명주실 감촉에 집중했다. 용이는 무심하게 다시 연을 바라보는 것 같았다.

그때였다.

나는 희한한 바람을 느꼈다. 무엇이 희한한 것인지는 말하기 어려웠다. 그저 뭔가 어색한 바람이 불어왔고 바로 그때 놀랍게도 아무것도 하지 않았는데 내 연이 돌쇠의 연줄을 휘감았다.

"치욱이가 이기겠다!"

나는 어리둥절했지만 내가 이길 게 분명해 보이는 상황에도 잡념을 뿌리치고 정신을 집중했다.

"근데 둘 다 사금파리 안 먹인 것 같은데?"

"어라, 그러고 보니 그러네?"

보아하니 돌쇠 쪽 아이들도 이상한 것을 눈치챈 것 같았다.

나는 순간 뒤통수를 얻어맞은 것 같은 느낌에 침을 꼴깍 삼키며 조심스럽게 용이에게 확인해 보았다.

"너 저거 사금파리 먹였냐?"

"안 먹였는데?"

너무나도 태연한 용이의 대답에 나는 허탈함을 느끼고 말았다.

이제껏 돌쇠와 벌인 이 힘겨운 싸움이 결국 실 엉킴으로 끝나고 말 테니 당연했다. 용이는 이 상황을 이해하지 못하는 것처럼 보였다.

"왜 그래? 사금파리를 꼭 먹여야 되는 거야?"

"당연하지! 명주실끼리 백날 비벼 봐라. 실이 끊어지나."

"끊어졌는데?"

용이는 환하게 웃으며 손가락으로 하늘을 가리켰다. 나는 얼결에 그 손끝을 따라가 보았고 뒤늦게 실을 타고 전해지는 미세한 느낌을 포착했다.

"와!"

나도 모르게 쾌재를 부르짖었다. 돌쇠의 끈 떨어진 연이 휘잉 힘없이 바닥에 고꾸라졌다. 돌쇠는 내가 있는 쪽을 향해 미친 듯이 양팔을 휘저어 분기를 뿜어냈다.

"으하하, 내 실력이 어떠냐! 이 돌쇠 놈아!"

기이한 바람이 한 번 더 불었다는 것을 뒤늦게 깨달았지만 훌훌 털어 버렸다. 바람이야 사방에서도 불어오니까. 나는 단지 꽃순이가 활짝 웃으며 내게 다가오는 것이 좋을 뿐이었다.

눈이 마주친 용이는 무엇이 그리 좋은지 씩 웃었다. 나도 마주 웃어 주었다. 어쩐지 용이와 잘 지낼 수 있을 것 같은 예감이 들었다.

시간은 흐르고 흘러 맴맴거리는 매미 소리가 시원하게 사방을 가득 채우는 한여름이 되었다. 마을 중앙에 있는 오백 년 묵은 느티나무 아래 모인 어른들은 이른 새벽부터 일찌감치 논일을 마치고 연신 부채질을 하며 세월아 네월아 하고 있었다. 하지만 아이들은 땡볕이 내리쬐거나 말거나 신이 나서 사방팔방 뛰어다녔고 그중에는 용이와 나도 끼어 있었다.

"너 잡히면 죽는다!"

나는 술래잡기가 제일 싫었다. 다수가 모여 술래 한 명을 골려 먹는 것 같은 생각이 들었기 때문이다. 그런데 꽃순이의 꾐에 빠져 같이 술래잡기를 하게 되었고 어쩌다 보니 술래가 되고 말았다. 나는 한껏 콧김을 뿜어내며 사방팔방에서 나를 놀려 대는 놈들을 잡기 위해 뛰었다. 하지만 그 누구도 내 손에 잡히지 않았다. 화가 난 나는 제일 만만한 용이로 목표를 바꾸었는데, 불행히도 그것은 잘못된 선택이었다. 비리비리한 주제에 어찌나 빠른지 이리저리 피하는 모양새가 전생에 미꾸라지 아니었나 싶을 만큼 잽쌌다. 용이는 단순히 바람만 자유자재로 다루는 게 아니라 다양한 재주를 부렸는데 아마 잽싼 몸놀림도 그중 하나일 거라고 나는 굳게 믿었다.

저 멀리 거리를 벌린 용이가 냉큼 뒤를 돌더니 나를 향해 길게 혀를 빼물었다.

"너 죽었어!"

나는 이미 술래잡기를 머리에서 잊은 지 오래였다. 내

머릿속에는 오직 나를 향해 메롱거리던 용이의 표정만 남아 있을 뿐이었다. 내 눈에는 오직 용이뿐이었다.

'잡으면 궁둥이를 차 버릴 테다.'

그런 내 결심을 아는지 모르는지 용이는 연신 혀를 날름거리며 내 화를 부채질했다. 나는 더더욱 의지를 불태웠다. 쫓고 쫓기다 보니 우리는 마을에서 멀어졌다. 그걸 알고도 나는 용이를 쫓는 것을 멈추지 않았다. 그제야 눈치챈 듯 용이도 뭔가 소리쳐 나를 달래는 듯 보였다. 나는 귓등으로 흘려듣고 으아아 위협적인 소리까지 질러 가며 뛰었다. 드디어 용이도 사태를 파악했는지 죽을 둥 살 둥 뛰다가 내가 바로 뒤까지 따라잡았을 때 갑자기 멈추어 섰다. 있는 힘껏 뛰던 나는 보기 좋게 용이와 부딪혔다.

"야! 그렇게 갑자기 서면……."

죽어라고 쫓다가 뱉는 말로는 뭔가 좀 이상했지만 용이를 크게 타박하던 나는 말을 끝까지 잇지 못했다.

우리 마을 근처에는 그 어디에도 강이나 호수 혹은 개천이 없었다. 수원이라고는 마을 한가운데 있는 우물이 전부였다. 산중 어딘가에 샘 정도는 있겠지만 찾아본 적 없었다. 아직 어린 내가 알지 못하는 곳이 더 많겠지만 적어도 내가 보고 있는 저 자리에 물 한 방울도 없었다는 것은 확실하게 알고 있었다. 그 자리에 실개천은커녕 물웅덩이조차 없었다. 하지만 내 눈앞에 보이는 것은 졸졸졸 시원한 소리를 내며 흐르는 작은 개천이었다.

"이거 뭐냐?"

내 질문에 용이는 심각한 얼굴로 대답했다.

"물이야."

순간 뒤통수를 때리고 싶었다. 내가 지금 이게 물인 걸 몰라서 물은 줄 아나.

"아니, 갑자기 어디서 이런 개천이 생겼냐는 거지."

"그가 왔나 봐."

"그가 누군데?"

"물."

대화가 다시 원점으로 돌아왔다. 화가 났지만 침착을 되찾기 위해 심호흡했다. 다시금 용이의 정신 상태가 온전하지 않음을 떠올리며 최대한 침착하게 물어보았다.

"그러니까 나도 이게 물인 건 안다니까?"

"물이 왔으니 흙과 불도 올 거야. 셋이 오면 나는……."

그제야 나도 용이가 말한 물이 그 물이 아니라는 걸 알았다. 아마 물, 흙, 불이라는 이름의 친구가 있는 모양이다. 부모님들 취향 한번 독특하다고 생각했다. 그런데 친구들이 오는 것과 개천이 생긴 것은 무슨 관계일까.

"가자. 애들 기다리겠다."

용이는 웃고 있었지만 어딘지 모르게 괴로워 보였다. 지금까지의 분기는 다 어디 갔는지 나는 용이의 기분을 살피며 전전긍긍했다.

우리가 놀던 마을 어귀는 어느새 텅 비어 있었다. 땡볕 아래 놀다 지친 아이들은 죄다 느티나무가 그늘을 드리운 마을 광장으로 몰려갔으리라. 하지만 나는 그곳에 갈 수 없었다. 용이의 표정은 여전히 엉망이었다. 나는 용이의 손을 잡아끌었다. 꼭 그래야만 할 것 같았다. 그런 내 마음을 이해했는지 용이도 말없이 나를 따랐다. 우리는 느티나무 평상에서는 보이지 않는 마을 어귀의 어느 집 담장에 철퍼덕 주저앉았다. 돌담 안쪽에서 뻗어 나온 자두나무가 그림자를 드리우고 시원한 바람이 살랑거려 느티나무 그늘 못지않았다.

용이와 나란히 앉아 멀거니 늦은 오후의 푸른 논을 바라보던 나는 드디어 입을 열었다.

"무슨 일이야?"

용이는 한참 망설이다 겨우 입을 열었다.

"말했잖아. 물이 왔다고."

"그래, 물은 너랑 친구 아냐? 넌 바람이라며."

용이는 아무 말도 하지 않았다. 나는 시선을 돌려 용이를 바라보았다. 무척이나 진지한 표정으로 마치 어른 같은 얼굴이 된 용이가 근심 가득한 표정으로 하늘을 올려다보았다.

"왜 그래?"

나는 한참 동안 대답하지 않는 용이에게 다시금 질문을 던져 보았다. 하지만 이번에도 대답을 듣는 건 성공하지 못했다. 한참을 그러고 있던 용이가 나를 보더니 씩 웃었다. 뭔가 불안한 예감이 들었다.

"치욱아, 어디 있느냐!"

아버지의 목소리였다. 또 심부름인가 보다. 나는 아쉬웠지만 엉덩이를 털며 일어났다.

"금방 다녀올 테니 여기서 기다려!"

용이가 나를 따라 일어났다. 그러고는 막 달리려던 내 옷소매를 붙들었다.

"치욱아."

용이가 부드럽게 불렀다. 의아했다. 늘 장난기 넘치던 용이였는데, 연거푸 어른 같은 표정을 할 뿐 선뜻 입을 열지 않았다.

"불렀으면 말해. 올 아부지 성격 알잖아. 얼른 가 봐야 해."

한참 머뭇거리던 용이가 고개 저으며 소매를 놓았다.

"아냐. 잘 가."

용이가 방긋 웃었다. 나는 어쩐지 용이를 내버려 둘 수 없었다. 그래서 빤히 그 얼굴을 바라보고 있었다.

"치욱아!"

"가요!"

고개 돌려 대답하고 난 후 다시 돌아보았을 때 용이는 그곳에 없었다.

그것이 우리의 마지막이었다.

★

용이에 대한 내 생각은 매섭게 나를 쏘아보는 술의 눈빛에 저만치 멀어졌다. 아직도 도깨비를 채찍질한 내게 화가 풀리지 않은 모양이었다. 저 차가운 눈빛을 보고 용이를 떠올리다니 제정신이 아니었던 것 같다.

나는 헛기침을 몇 번 하고는 겸연쩍게 물었다.

"도깨비는 어찌 됐냐?"

"겁먹고 도망갔지."

술의는 곰방대를 흔들어 보였다. 눈은 여전히 나를 쏘아보고 있었다. 나는 민망하여 얼른 시선을 회피했다. 한번 더 용이에 대한 생각이 떠올랐지만 접기로 했다. 그만큼 용이를 닮은 술의의 눈빛은 매서웠다.

'쳇, 어딜 봐서 용이야?'

나는 머릿속에서 냉큼 용이를 지웠다.

도깨비를 물리친 우리는 극진한 대접을 받았다. 도깨비는 술의에게 겁을 잔뜩 집어먹고는 곰방대에서 나올 생각을 하지 않았다. 정작 이 모든 소동의 근원인 어르신은 무슨 사정인지도 모르고 목격한 사건을 부풀려 이야기로 만들어 퍼뜨리고 있었다. 상당히 즐거워 보였다. 진실을 알려 준다면 놀라기보다는 도리어 새로운 이야기를 만들 생각에 기뻐할 것 같았다. 도깨비를 만들어 낼 정도로 새로운 이야기에 굶주린 양반이니 당연한 일이었다.

그렇게 하룻밤 거하게 대접받은 우리는 깊은 밤, 사람들이 잠든 틈을 타서 몰래 도망쳤다. 당최 무슨 사연이 있는 것인지 곰방대를 결코 넘기지 않으려는 어르신 때문에 훔쳐야 했기 때문이다. 다행히 그 무렵에는 시간이 약인지 도깨비에게 폭력을 행사한 나에 대한 술의의 화도 어느 정도 누그러져 있었다.

한참을 걸어 인적 드문 곳에 도착하자 술의가 주문을 외우려 했다. 도깨비에게 채찍을 쓰는 나를 보며 화내던 술의. 문득 나는 나 자신을 변호할 필요를 느껴 술의를 만류했다.

"잠시만."

술의가 의아한 표정을 지었다.

"지난번에 궁금해했잖아. 내가 어떻게 도깨비를 통제하는지. 보여 줄게. 그럼 너도 이해할 거야."

"무엇을?"

"채찍 쓴 거, 나도 원한 바가 아니었다고."

술의는 미심쩍은 얼굴이었다. 나는 나도 모르게 찾아오는 양심의 가책을 감추고 한껏 어깨를 폈다.

"내 이래 보여도 단 일 년 만에 모든 걸 배우고 하산한 몸이라고. 한번 믿어 봐."

한참이나 고심하던 술의는 결국 내게 곰방대를 내밀었다. 나는 곰방대를 들고 허공에 잽싸게 보이지 않는 문양을 그려 넣었다.

흐릿하게 문양이 빛을 발하며 곰방대를 감쌌다. 햇빛을 닮은 노란빛은 이내 푸르게 변하더니 다시 한 점으로 모여들었다. 나는 빛이 모여들다가 푸른 구슬이 된 순간 잽싸게 호리병 뚜껑을 열었다. 슉. 푸른 구슬은 순식간에 호리병 속으로 빨려 들었고 곰방대가 툭 부러졌다.

"에헴."

나는 호리병 뚜껑을 닫으며 당당히 어깨를 폈다. 이제 좀 알아보았으리라. 그러나 예상과 달리 술의 표정은 창백하게 굳어 있었다.

"무슨 짓을 한 거야!"

"깜짝이야. 왜 갑자기 소리는 치고 그래?"

"왜 도깨비를 죽였냐고 묻는 거야."

"죽여? 내가?"

그는 내가 버린 부러진 곰방대를 가리켰다. 아, 언제 저기까지 던졌지. 매번 부서지던 도깨비의 본체가 늘 찜찜하긴 했던 터라 얼른 아닌 척했다.

"그래, 본체가 저 꼴이 돼서 그렇게 보일 수도 있는데 아직 제를 안 지내서 그렇다니까?"

"그건 뭔데."

나는 당당하게 그가 가리킨 호리병을 들어 올렸다.

"이 안에 든 건 그들의 심장이야. 어쨌든 또 해코지하고 다니게 둘 수는 없으니까."

"하, 심장이라."

어이없다는 얼굴로 몇 번 헛웃음을 터뜨린 술의가 다시 매섭게 쏘아보았다.

"그 어느 생명이 심장을 뺏기고 살 수 있지?"

"아니, 그러니까 이건……."

선뜻 대꾸할 말을 찾을 수 없었다. 그러다 사부님이 이상한 일을 시킬 리가 없다는 데 생각이 미친 나는 변명 찾기를 멈췄다.

"도깨비가 인간이랑 같냐? 제만 지내면 된다니까?"

"그 제사, 본 적 있어?"

당연히 없었다. 할 말을 찾지 못한 나는 억지를 썼다.

"그래, 네 말이 맞다 치자. 그럼 사부님은 어디에 쓰려고 심장을 모아 오라시는 건데? 왜, 저녁 반찬이라도 하시려고?"

"사리사욕 채우는 데 쓰겠지."

"뭐? 사리사욕?"

어이가 없었다. 내가 아는 한 사부님은 인자하고 정이 넘치는 분이시다. 정의로우시며 선한 분이다. 그런데 사리사욕을 채우려 도깨비의 심장을 모은다니.

기분이 확 상한 나는 퉁명스럽게 말했다.

"같은 일 하는 사람으로 생각했는데 안 되겠다. 우리 이제 찢어지자."

일찍이 부모를 잃은 나를 거두어 먹이고 입히고 가르쳐 주신 사부님이다. 그런 사부님을 욕되게 하는 사람과 벗이 될 수는 없었다.

"난 절대 그럴 수 없어."

술의는 단호하게 거부했다. 뒤에 이어진 말은 더 기가 막혔다.

"난 네가 더는 도깨비를 죽일 수 없게 막아야겠어. 더불어 네 사부가 하는 짓거리까지도!"

또 헛웃음이 터져 나왔다. 뭐, 이런 미친놈이.

"마음대로 해 봐! 나는 절대로 너한테는 지지 않을 거니까!"

나 또한 버럭 소리를 지르고 서둘러 걷기 시작했다. 술의 역시 내 뒤를 따랐다. 우리 두 사람 모두 발소리가 거칠기 짝이 없었다.

술의는 끈덕지게 나를 따라왔다. 이리저리 따돌려 봤
지만 어찌나 찰거머리 같은지 도무지 떨어질 기미를 보이
지 않았다. 도깨비를 만나면 또 싸우겠구나 싶어 머리가
지끈거렸다. 그리고 결국 그때가 닥쳐오고 말았다.

"잠깐만!"

그간 말 한마디 걸지 않던 술의가 크게 소리쳐 나를 불
렀다. 콧방귀를 뀌며 무시하자 저 멀리 있던 녀석이 삽시
간에 따라붙기까지했다. 젠장, 이상한 기술을 이런 데다
쓰다니.

"저 마을 이상해. 가지 마."

"이상하긴 뭐가 이상하단 거냐? 딱 봐도 평화롭구먼."

"저녁때야. 그런데 밥 짓는 연기가 어디에도 보이지 않

잖아.”

사실이었다. 그 어느 굴뚝에서도 연기가 나지 않았다. 그러나 인정하기 싫었다. 나는 콧방귀를 헹 뀌고는 몸을 돌렸다. 그러자 술의는 아예 내 어깨를 잡아 세웠다.

“바람결에 피비린내가 섞여 있는 걸 못 느끼는 거야?”

그 말에도 한껏 인상을 찌푸리고 어깨를 털어 술의의 손을 뿌리쳤다. 그리고 다시 씩씩하게 마을로 향했다. 나는 불행하게도 마을 어귀에서 술의의 말이 옳다는 걸 알고 말았다. 풀숲에 사람이 누워 있었는데 딱 봐도 산 사람이 아니었다. 머리가 없었기 때문이다. 훅 불어오는 바람에 그제야 피비린내가 느껴졌다. 지독하게 짙은 피 냄새였다. 갑자기 마을에 들어가고 싶지 않았다. 오만가지 상상이 내 머릿속을 휘저었다.

“조심해. 도깨비가 있어, 그것도 아주 위험한.”

나 역시 희미하게 도깨비의 기운을 느낀 참이었다. 드디어 술의와 다시 한판 해야 할 때가 온 것인가.

우리는 조심스럽게 마을로 진입했다. 집집이 널브러진 시신은 모두 도망가려다 뒤에서 공격당한 것으로 보였다. 심지어 임부와 어린아이에, 키우던 가축까지 모두 당했다. 참혹하기 그지없었다.

한참을 조심스럽게 배회한 끝에 우리는 어느 집 마당 평상에 앉아 있는 도깨비를 발견할 수 있었다. 다 썩은 이, 산발한 머리, 여기저기 찢어진 누더기 같은 옷, 땟국물이 줄줄 흐르는 얼굴. 하지만 눈빛만은 형형한 도깨비였다. 나는 그 도깨비가 들고 있는 큰 칼이 녀석의 본체임을 알았다. 자신의 본체가 망가질지도 모르는데 마구 휘두르다니. 미쳤다는 말 이외에는 설명할 길이 없었다.

도깨비가 코를 킁킁거렸다.

"인, 간?"

음험한 목소리에 저절로 소름이 쫙 돋았다.

"머리, 내놔!"

나는 그제야 이곳의 모든 시신이 인간과 동물을 불문하고 다들 머리가 잘려 있다는 것을 새삼 기억해 냈다. 녀석은 새롭게 살해할 수 있는 존재가 나타나 기쁜 눈치였다. 눈빛을 보니 역시 미친 도깨비라고밖에 설명할 수 없는 녀석임을 깨달았다.

평상에 앉아 있던 도깨비가 달려들자 나와 술의는 날렵하게 몸을 날렸다. 술의가 얼른 주문을 외우려 했지만 도깨비가 다시금 펄쩍 뛰어 술의를 향해 달려들었다. 피하지 않았다면 술의는 머리부터 발끝까지 세로로 두 동강이 났으리라. 나는 이런 위험한 녀석을 상대하는 방법은 오직 하나라고 결론 내리고 채찍을 꺼내 들었다. 불행히도 술의는 나와 생각이 다른 모양이었다.

"다시는 그러지 않기로 약조했잖아!"

"저런 위험한 녀석을 앞에 두고 그게 할 소리냐!"

"인간의 염원에 지배당하고 있을 뿐이야! 도깨비는 죄가 없어!"

그래, 너 잘났다는 소리가 목구멍까지 튀어나오려는 것을 가까스로 참았다. 목숨이 경각에 달렸는데도 염원 운운하다니.

"그럼 그 잘난 바람 기술이라도 좀 써 보시든가!"

내게는 다행스럽게도 도깨비가 술의만 공격한 덕분에 침착하게 녀석을 분석할 수 있었다. 녀석은 한 번에 한 명만 상대하는 습관이라도 있는 것처럼, 그것도 아주 집요하게 목만 노렸다.

들고 있는 칼은 딱 봐도 참수도였다. 수많은 생명을 앗았을 그 칼에 깃든 염원이 무엇일지 상상도 하기 싫었다. 그러나 알아내야 했다. 특히나 저런 위험한 도깨비라면 그 염원을 알아내지 않고는 평화롭게 해결할 수 없을 테니. 그렇다면 참수도와 관련된 장소는 어디일까 생각하다가 나는 단박에 관아를 떠올렸다.

"조금만 더 버텨!"

나는 옆 지붕으로 뛰어올라 사방을 살폈다. 기와지붕의 관아는 초가집이 즐비한 틈에서 너무나도 쉽게 눈에 띄었다. 나는 날렵하게 지붕에서 지붕으로 몸을 날렸다. 그리고 관아 마당에 착지한 순간 그대로 얼어 버렸다.

참혹하기 그지없는 풍경이었다. 아마 어떤 죄수의 사형을 집행한 모양이었다. 그런데 목숨을 잃은 것은 사형수만이 아니었다. 널따란 마당 한가운데 깔린 거적 위의 죄수도 높다란 대청마루 한가운데 놓인 의자에 앉아 있던 사또도 그 곁에 시립해 있던 이방도 모두 죽어 있었다. 죄수가 도망가는 것을 막기 위해 마당에 세워 두었던 포졸들은 한여름 태풍 만난 벼처럼 우르르 쓰러져 있었다. 하나같이 머리가 따로 놀았다.

나는 사형장 한가운데 도깨비의 주인으로 보이는 시신으로 향했다. 놀랍게도 망나니가 아닌 사형수의 얼굴이 도깨비와 같았다. 죽음이 억울해서 그만 그 한이 도깨비를 만들어 낸 건가 생각해 봤다. 하지만 살고자 하는 욕망이었다면 이리 살육을 저지르고 다녔을 리가 없다.

"결국 그 방법뿐인가."

나는 조심스럽게 죽어 있는 사형수에게 다가가 살짝 손가락을 댔다. 그리고 두 눈을 감고 작게 주문을 외웠다. 세상이 뱅글뱅글 돌았다. 나는 마치 꿈을 꾸는 것처럼 환상 속으로 빠져들었다.

빨간 댕기를 드리운 지 얼마 되지 않은, 여전히 앳된 티가 나는 소녀가 깡충대며 뛰어간다. 참아야 한다는 걸 알았지만 도무지 그럴 수 없었다. 나는 산비탈에서 구르다시피 소녀에게 다가갔다. 요란하게 다가드는 내 소리에 소녀가 화들짝 놀라 비명을 지르려 했으나 그보다 내가 좀 더 빨랐다. 나는 소녀의 입을 틀어막고 숲으로 스며들었다. 저 멀리 마을 어귀에 분주하게 뛰어다니는 포졸들과 말 탄 사또가 보였다. 열심히 찾아봐라, 나는 나의 일을 할 테니. 낫을 든 손이 자꾸만 흥분으로 부들거린다. 살려 달라 애원하는 버둥거림이 얼마나 짜릿한지. 쏟아지는 핏물이 이렇게 따스한 걸 왜들 모르는지. 이제 곧 닥쳐올 황홀경을 생각하며 번쩍 들어 올린 낫을 휘두르려는데 숲 어귀에서 갑작스레 포졸이 나타났다. 사방에서 창칼이 쏟아진다. 생각 없이 휘두른 낫에 포졸 하나가 쓰러진다. 아, 섬세하지 못했다.

저 멀리 도망치는 소녀가 끝까지 눈에 밟힌다.

햇살이 너무 눈부시다. 얼마 만에 보는 햇빛인지 모르겠다. 어둠에 익숙한 내 눈은 이 햇살에 적응하는 데 오랜 시간이 걸렸다. 겨우 환한 빛에 익숙해진 눈을 뜨자 곧 번뜩이는 망나니의 참수도가 눈에 들어왔다. 오색 술이 달려 있는 손잡이, 큼직하게 제작되어 시퍼렇게 날이 선 칼날까지 황홀한 자태였다. 그 칼을 들고 덩실덩실 춤추는 망나니는 행복해 보였다. 그래, 어찌 즐겁지 아니하랴. 곧 목을 벨 수 있는데. 저 칼만 있으면, 낫 따위가 아닌 저렇게 크고 멋진 칼만 있으면 나도 그렇게 될 수 있을 텐데.

내놔, 당장!

우욱, 나는 기어코 바닥에 위장 속 모든 내용물을 쏟아 내고 말았다. 마치 그 인간이 된 것처럼 경험하게 되는 술법인 탓에 고막을 찢을 듯 울려 퍼지던 소녀의 비명, 살려 달라 애원하던 눈동자 그리고 가녀린 목의 감촉이 고스란히 남아 있었다.

도저히 참을 수 없는 혐오감에 나는 하늘을 바라보고 한참이나 소리를 질렀다.

되돌아와 보니 술의는 여전히 도깨비를 피해 이리저리

몸을 날리고 있었다. 땀 한 방울 흘리지 않는 모습이 놀라울 지경이었다. 반면에 도깨비는 아까와 달리 성난 얼굴을 하고 있었다.

"목, 내놔!"

발악까지 해 가며 덤비는 도깨비. 하지만 술의는 여전히 어떻게 해서든 상처 없이 제압하려 하고 있었다. 입에 담기조차 어려울 만큼 역겨운 목적을 가졌는데도 도깨비를 해치지 않는 것이 그렇게까지 중요한가 싶었다.

나는 확신했다. 저 도깨비는 나를 고아로 만든 그 사악한 도깨비들과 같은 부류일거라고. 주저 없이 채찍을 끌러 들었다. 채찍을 본 술의가 눈을 부라렸지만 나는 애써 무시하고 가장 강력한 쇠의 기운을 불어넣는 주문을 외웠다. 채찍의 붉은 기운을 알아본 술의가 경악했다. 나는 인정사정없이 채찍을 날렸고 채찍은 도깨비의 발목에 감겼다. 내가 그 채찍을 일말의 망설임도 없이 낚아채자 무시무시한 쇠의 기운이 담긴 채찍은 그대로 녀석의 다리를 뎅강 잘라 버렸다.

"뭐 하는 거야!"

술의가 비명을 내질렀지만 상관없었다. 지금 이 순간 저 악랄한 도깨비는 내 부모님의 목숨을 앗아 간 그 녀석이기 때문이다.

✳

용이가 떠난 지 얼마 되지 않은 때였다. 여전히 불볕더위가 기승을 부리던 어느 달 밝은 밤. 후끈한 열기에 나는 땀을 흘리며 잠에서 깨어났다. 더듬더듬 물을 찾다가 어머니와 아버지가 방에 없는 것을 알고 이상하게 여기며 부스스 몸을 일으켰다.

"몇 해만, 몇 해만 더 기다려 주시면 안 되겠소?"

눈물이 잔뜩 묻어나는 아버지의 목소리에 나는 멈칫했다. 나는 아버지의 눈물을 본 적이 없었다.

"그 몇 해가 세상을 큰 위험에 닥치게 할 수 있습니다."

사람의 목소리 같지 않은 기이한 소리가 들려왔다. 사람의 말을 하지만 사람이 아닌 존재. 갑자기 등골이 오싹해졌다. 하지만 궁금함까지 참을 수는 없었다. 아버지의 목소리는 애절했지만 겁에 질려 있지는 않았다. 그래서 용기를 냈다. 나는 손가락에 침을 발라 소리 없이 구멍을 뚫고는 문짝에 달라붙어 바깥을 살폈다.

기이한 안개가 마당을 자욱하게 메우고 있었다. 더운

열기까지 더해져 그냥 보기만 해도 숨이 막힐 만큼 습했다. 하지만 방 안은 그저 덥기만 할 뿐 안개는 희한하게도 딱 툇마루 경계까지만 자욱했다. 그 짙은 안개 너머로 무릎을 꿇은 아버지가 희미하게 보였다. 평상 위에 누워 있는 어머니도 어렴풋이 보였다.

"나는 아내 없이 살 수 없소이다! 한 목숨, 아니 두 목숨 살리는 셈 치고 좀 봐주시오!"

다시 한번 아버지가 처절하게 울부짖었다. 나는 얼른 숨을 삼켰다. 아버지의 절규가 어찌나 애절한지 그 감정에 전염이라도 된 듯 나도 곧 눈물이 나올 것만 같았다.

"세상에 큰 환란이 닥칠 것입니다."

"그런 것 난 모릅니다. 난 그저 내 아내만 있으면 됩니다."

"어리석은 인간!"

대기가 무섭게 뜨거워지며 같은 소리면서 묘하게 다른 목소리가 끼어들었다. 불같이 화를 낸다는 게 어떤 의미인지 똑똑히 알 수 있는 목소리였다.

"저는 주인의 허락을 얻었습니다! 당신들은 그의 의견을 무시하는 것 아닙니까!"

"우리는 넷이며 하나다. 우리의 의견이 곧 그의 의견이다."

목소리가 이어지고 안개가 움직였다. 그러다 갑자기 짙은 안갯속에서 불길이 타올랐다. 나는 기겁했다. 어머니가 누워 있을 게 분명한 평상에 불이 붙었기 때문이다.

"안 돼!"

나는 벌컥 문을 열고 뛰쳐나갔다. 댓돌을 밟고 바닥에 발을 딛는 순간 놀랍게도 땅바닥이 푹 꺼지더니 나를 허리까지 묻어 버렸다.

"이것은 인간의 힘으로 막을 수 없느니라."

땅바닥에서 목소리가 들려왔다. 믿을 수 없었다. 그 와중에도 어머니는 불타고 있었다. 아버지 역시 무언가에 속박당한 듯 몸을 움직이지 못했다. 어느새 마당을 가득 채웠던 안개가 아버지 주위에 몰려 있었다.

내가 보는 앞에서 어머니가 불길에 휩싸이고 있었다. 어디서 불이 솟아난 것인지는 궁금하지 않았다. 그저 사방을 익혀 버릴 듯 뜨겁던 열기가 순식간에 평상 위로 집중되었음을 느낄 뿐이었다. 나는 미친 듯이 발악하며 버둥거렸다.

"어머니!"

그러다 문득 이상한 걸 깨달았다. 어머니는 불길에 휩

싸였지만 불타지 않았다. 나는 내 눈을 의심했다. 불길이 가득한 그곳에서 어머니는 멀쩡한 상태를 유지하고 있었다. 그 이상함을 느끼자마자 활활 타오르던 불길이 삽시간에 어머니에게 흡수되어 버렸다. 믿을 수 없어 눈을 크게 뜨자마자 흡수되었던 불길이 어머니의 가슴팍에서 무시무시한 기세로 뿜어졌다. 하늘을 온통 태워 버릴 기세로 솟아오른 불길은 한참이나 하늘을 향해 길고 길게 뻗혀 나가더니 그대로 하늘로 사라졌다. 그 불길의 끄트머리에 푸른 기운이 언뜻 눈에 띄었지만 워낙 잠깐 사이 일어난 일이라 확신할 수 없었다.

몸이 자유로워졌다. 아버지 주변에 운집해 있던 안개도 모두 흩어져 보이지 않았다. 나를 허리까지 묻어 놓았던 땅바닥은 나를 도로 쑥 밀어 올려놓더니 잠잠해졌다. 몸이 풀리기 무섭게 아버지는 어머니에게 달려갔다. 뒤늦게 정신 차린 나도 허둥지둥 달려갔다.

단 한 번도 죽음을 마주해 본 적이 없었으나 나는 어머니를 에워싼 것이 죽음임을 알았다. 갑자기 닥친 어머니의 죽음에 어리둥절했다. 오늘내일하고 있었으니 막연하게 대비하고 있다고 생각했었다. 하지만 막상 닥친 죽음은 생각보다 충격이었다. 아버지는 나보다 더한 듯했다.

아버지는 그대로 어머니를 부여안고 서럽게 울부짖었다.

어머니의 장례가 치러졌다. 마을 사람들이 십시일반 돈을 모아 준 덕분에 멍석 한 장에 둘둘 말리는 것은 피할 수 있었다. 그 장례가 치러지는 내내 아버지는 제정신이 아니었다.

나는 그런 아버지를 바라보며 나라도 정신을 차려야 한다고 생각했다.

장례가 끝났지만 일상으로 돌아갈 수 없었다. 꽃순이가 하루에도 몇 번씩 돌담 너머에서 기웃거렸지만 나는 하루가 다르게 쇠약해지는 아버지 수발을 들어야 했다.

매일같이 어머니를 찾는 아버지를 볼 때마다 눈앞이 캄캄했다. 나는 꿋꿋이 모두 이겨 내리라 다짐했다. 그리고 몇 해만 더 지나면 웃으면서 이때 이야기를 할 수 있으리라 믿었다.

그러던 어느 날, 추수철이 되어 바빠진 덕분에 사람들의 관심이 뜸해진 가을. 낯선 노인이 찾아왔다. 그 무렵 나는 종종 어머니의 무덤을 찾았다. 그 앞에 주저앉아 하염없이 어머니를 향해 혼잣말하거나 드러누워 푸른 하늘을 바라보았다. 그러면 마치 어머니와 함께 있는 것 같아 우울한 기분이 좀 나아지고는 했다.

그날도 그랬다. 나는 여지없이 어머니의 무덤으로 향했다. 새파란 하늘에 흰 구름이 떠 있는 맑은 날이었다. 어머니의 무덤 곁에 드러누워 하늘을 날아다니는 잠자리를 눈여겨보고 있는데 낯선 목소리가 들렸다.

"꼬마야."

한 올도 빠짐없이 새하얀 머리칼, 머리칼만큼이나 새하얀 수염, 자글자글한 주름, 뜬눈인지 감은 눈인지 구분할 수 없을 만큼 축 처진 눈꺼풀을 가진 노인이 날 보고 있었다.

"저요?"

나는 어리둥절하여 되물었다. 노인은 슬그머니 내 옆에 주저앉더니 근심이 가득한 표정으로 말을 이었다.

"혹 최근에 이상한 일 하나 없었느냐?"

'이상한 일? 뭘 말하는 거지?'

노인이 재차 물었다.

"이 근처에서 도깨비의 기운이 느껴지기에 묻는 말이란다."

'도깨비? 이야기 속에 나오는 그 도깨비?'

내 표정이 더 이상해졌는지 노인이 허허하고 웃었다.

소리 내어 웃었기에 웃은 줄 알았지 수염과 눈썹으로 뒤덮인 얼굴만 봐서는 웃는지 우는지 알 수 없었다.

"도깨비는 말이다. 기이한 힘을 가지고 있단다. 그래서 가끔 인간에게 장난질을 넘어 해코지하는 경우가 있지. 난 그걸 막는 일을 하는데 최근 이곳에서 강한 도깨비의 기운이 느껴졌고 그래서 쫓아왔다만 늦은 것 같더구나. 허탈하여 돌아갈까 하던 중에 네게서 미약하나마 도깨비의 기운이 느껴져 한 질문이란다."

어머니가 돌아가시던 날이 번쩍 떠올랐다.

"혹시 움직이는 안개나 땅이라든가, 하늘 높이 솟아오르는 불줄기 같은 거 말씀하시는 건가요?"

"옳거니! 본 적 있구나?"

노인이 무릎을 탁 치며 크게 기뻐했다. 나는 그만 눈물을 쏟아 내고 말았다. 그저 그날의 일을 떠올렸을 뿐인데 울음이 터졌다. 노인은 당황하여 더러운 소맷자락으로 내 눈물을 닦아 주었다.

"무슨 일이었기에 그리 슬피 우는 것이냐?"

나는 대답도 못 하고 더욱 큰 소리로 울기 시작했다.

맷골의 그 누구도 내게 어머니의 일이 어찌 된 것이냐고 묻지 않았다. 그 배려는 슬픔을 억누르는 데 무척 큰 도움이 되었다. 하지만 그것은 그저 억지로 눌러 참아 내는 것일 뿐이었다. 그래서 낯선 노인의 질문에 그간 눌러 왔던 슬픔이 폭포처럼 밀려들었다.

노인은 내 울음소리가 잦아들 때까지 묵묵히 곁에 지키고 앉아 있다가 드디어 소리가 좀 줄어들자 등을 다독여 주었다.

"혹 도깨비들이 이 무덤의 주인에게 해코지한 것이냐?"

나는 천천히 고개를 끄덕였다. 노인이 길게 탄식했다.

"쯧쯧, 내가 헤매지만 않았어도……."

"무슨 의미입니까?"

"나는 도깨비를 사냥하거든."

갑자기 머리가 텅 비어 버렸다. 뒤이어 생경한 분노가 가득 찼다. 나도 모르게 주먹이 쥐어졌다. 원망스러웠다. 화도 났다. 노인이 헤매지만 않았더라면 그래서 일찌감치 그 도깨비들을 처치했더라면 어머니도 살아 있고 아버지 역시 여전히 건강했을 거란 말이 아닌가.

차마 노인의 멱살을 잡을 수는 없었다. 내게 벌어진 일이 노인의 탓이 아님을 알고 있었다. 하지만 울분을 잠재울 수 없었다. 아무것도 할 수 없는 나는 벌떡 일어나 자리를 떴다. 뒤에서 노인이 따라오는 기척이 느껴졌다. 나는 이를 악물고 냅다 달렸다. 노인이 뭐라 소리쳤지만 무시했다. 익숙한 산길을 숨이 턱에 차도록 달려 겨우 집에 도착하자마자 나는 툇마루에 털썩 주저앉았다.

만약 저 노인이 조금 일찍 왔고 그래서 그들을 막아 냈다면 어땠을까. 상상만 해도 눈물이 앞을 가렸다. 이제 어머니를 다시는 볼 수 없게 되었는데.

"계십니까?"

따돌렸다고 생각했건만, 노인이 사립문 밖에 있었다. 갑자기 화가 치밀어 버럭 소리를 질렀다.

"뭡니까!"

"해도 저물고 하여 하룻밤 묵기를 청하는 중이란다."

뻔뻔한 노인네. 나는 등을 홱 돌렸다.

"복수하고 싶지 않느냐?"

두 눈이 번쩍 뜨였다. 무섭게 빛나는 내 눈을 마주한 노인이 사립문을 밀치고 들어와 툇마루에 주저앉았다.

"네게서 도깨비의 기운을 느꼈다 말했지."

나는 고개를 끄덕였다.

"그것은 네가 도깨비 사냥꾼의 자질을 가지고 있다는 말이란다."

"도깨비 사냥꾼이요?"

노인이 내 머리를 쓰다듬었다.

"나면서부터 가지고 있어야 하는 자질이라 후계가 없어 큰 고민이었는데 너를 만나 얼마나 반가운지 모른단다."

어리둥절했다. 도깨비라는 존재 자체도 믿을 수 없는데 그런 도깨비를 사냥하는 자질을 내가 가지고 있다니.

안방 문 너머에서 끙 하는 아버지의 신음이 들렸다. 또 어머니 꿈을 꾸시는 모양이었다. 흑흑 흐느끼는 소리가 한참 나더니 방은 다시 조용해졌다. 마치 처음부터 아무 일도 없었던 것처럼.

"잘은 모르지만요. 그런 건 한곳에 머물며 할 수는 없는 일이겠지요?"

노인의 더러운 행색을 보고 짐작한 것이었다. 닳고 닳은 짚신과 봇짐에 주렁주렁 매달린 또 다른 짚신들, 몇 날 며칠 씻지도 못한 것 같아 때가 낀 손톱과 악취. 아버지가 건강했더라도 불가능했을 일이다. 허락하지 않았을 테니까. 그런데 지금은 병환 중이기까지 하다. 병에 걸린 아비를 두고 여행이라니, 그건 패륜이다.

"아비 때문에 걱정이 되는 모양이구나?"

"돌아가신 어머니도 중하지만 살아 계신 아버지도 중합니다."

"효자로구나."

노인의 입이 웃는 것처럼 씩 입꼬리가 올라갔다. 그가 내 머리를 쓰다듬었다.

"좋다. 강요하지 않으마. 별수 없지. 대신 내 이곳에서 며칠 머물러도 되겠느냐?"

"그건 가능합니다."

"그래."

나는 바보가 아니다. 아마도 그 며칠을 이용해 나를 설득할 셈이라는 것쯤 눈치챌 수 있었다. 그 설득에 넘어가지 않을 자신이 있었기에 나는 흔쾌히 노인에게 건넛방을 내주었다. 어르신은 내 허락이 떨어지기 무섭게 짐을 풀더니 평상의 약초 더미로 향하여 능숙하게 분류하기 시작했다. 밥값은 하겠노라 말하고 있는 것 같아 나도 모르게 피식 웃었다.

그렇게 며칠이라던 노인은 겨울이 다 가도록 우리 집에 머물렀다. 나는 서서히 노인에게 스며들었다. 그러던 어느 겨울 그믐밤이었다. 나는 후끈 달아오르는 열기에 눈을 떴다. 아궁이 속에 갇히면 이런 기분일까. 도저히 이치에 맞지 않는 이상한 상황에 나는 문득 마찬가지로 이치에 맞지 않았던 경험 하나가 떠올라 벌떡 일어났다. 황급히 아버지를 살펴보았다. 아버지는 땀을 삘삘 흘리며 애타게 어머니를 부르고 계셨다.

"아부지!"

온몸이 펄펄 끓었다. 입술이 바짝 말라 하얗게 떠 있었다. 나는 얼른 문을 열었다. 뜨거운 공기를 내보내고 한겨울의 차디찬 밤공기를 들여보내기 위함이었건만 방문을 열자 그보다 더 뜨거운 열기가 훅 끼쳐 들었다. 나는 숨이 턱 막혀 입을 막고 주춤거리며 뒤로 물러났다.

마당 한복판에 거대한 불덩이 하나가 둥실 떠 있었다. 어찌나 거대한지 황소 한 마리가 마당에 떡 버티고 서 있는 것 같았다. 나는 순간적으로 그것이 도깨비불이라고 생각했다. 푸른 불덩이는 그것 말고는 설명할 수 있는 어떤 말도 없었다.

불덩이가 마치 춤추듯 마당을 이리저리 떠돌다 우뚝 멈추어 섰다. 나는 도깨비불과 눈이 마주쳤다고 생각했다. 그냥 둥근 형태의 불꽃이었을 뿐인데 어째서 그렇게 생각했는지는 모르지만 떠돌던 도깨비불이 일순 움직임을 멈추더니 나를 노려보았다.

도깨비불이 달려들었다. 엄청난 기세에 눌린 난 황급히 양팔을 들어 얼굴을 가렸다. 하지만 도깨비불이 노린 것은 내가 아니었다. 그 도깨비불은 그대로 아버지를 감쌌다. 이불을 불태우고 아버지를 감싼 도깨비불이 허공으로 둥실 떠올랐다. 아버지도 딸려 둥실 떠올랐다.

"안 돼!"

나는 비명을 지르며 아버지를 붙들었다. 도깨비불이 화르르하고 불타오르더니 나를 감쌌다. 나는 열기를 이기지 못하고 그대로 바닥에 나뒹굴었다. 피부가 화끈거렸다. 화상을 입은 것 같았지만 포기할 수 없었다. 다시 한번 공중에 붕 떠 있는 아버지에게 훌쩍 뛰어들었다. 거의 동시에 불덩어리가 아버지와 함께 사라졌다. 나는 그대로 아버지가 누워 있던 자리로 털썩 떨어졌다.

망연자실 텅 빈 내 양손과 조금 전까지 아버지가 있었던, 이제는 아무것도 없는 허공을 번갈아 바라보았다.

"아부지!"

내 목소리에 놀란 어르신이 건넛방에서 뛰쳐나왔다.

"도깨비로구나!"

'하, 도깨비 사냥꾼이라더니 이제야?'

나는 아무 말도 하지 않았다. 그저 발악할 뿐이었다. 나는 악악 소리를 질러 댔다. 어머니를 잃은 것으로 모자라 아버지까지 잃었다. 내 나이 겨우 열넷일 뿐이었다. 이제 나는 뭘 해야 한단 말인가.

"도깨비 사냥꾼의 운명을 타고난 너를 막고자 도깨비들이 네 부모에게 해코지하는 모양이구나."

"그럴 거면 저를 데려갈 것이지, 어째서 부모님을 데려간단 말입니까?"

"말하지 않았느냐. 너에겐 도깨비 사냥꾼의 기질이 있느니라. 그 기운이 있는 자에겐 도깨비가 함부로 해코지할 수 없으니 그들에게는 이게 최선이지."

"이런 일로 그들이 얻는 게 무엇입니까?"

"너를 협박하는 게지. 그 일을 하지 말라고."

눈에서 불꽃이 튄다는 게 이런 느낌이구나 싶었다. 온몸이 바들바들 떨렸다.

"어찌할 것이냐? 운명을 받아들이겠느냐?"

어머니를 불태우던 붉은 불꽃과 아버지를 데려간 푸른 불꽃.

"아버지는 어디 가신 겁니까?"

"재도 남기지 않고 태워 버린 것이 아니겠느냐?"

굵은 눈물이 주룩 흘러내렸다. 시신도 남기지 않다니.

"받아들이겠습니다."

"진정이냐?"

"예, 기필코 도깨비 사냥꾼이 되어 모든 도깨비의 씨를 말릴 것입니다!"

나는 눈물범벅이 된 얼굴로 침을 튀기며 악을 썼다. 굵은 눈송이가 방 안으로 들이쳤다. 온돌이 다 식은 탓에 어느덧 문틀에 흰 눈이 소복이 쌓여만 갔다.

그것이 내가 도깨비 사냥꾼이 된 이유다.

✳

나는 냉정한 얼굴로 바닥에 쓰러진 도깨비를 쏘아보았다. 새삼 사라졌던 복수심이 이글이글 불타올랐다.

"폭력은 안 된다고 했잖아!"

술의의 외침에 나 역시 버럭 소리 질러 대꾸했다.

"이놈은 이런 대접을 받아도 싸!"

"도깨비와 인간은 관계가 없다고!"

나도 머리로는 잘 알고 있다. 하지만 이번은 도무지 인간과 도깨비를 따로 분리해서 생각할 수가 없었다. 살인에 대한 염원을 가진 인간. 그를 향한 혐오가 도깨비에게 고스란히 덧씌워졌다.

다리를 잃은 도깨비가 칼을 지팡이 삼아 일어났다. 다

리를 잃은 것에 대한 분노인지 이번에는 술의가 아닌 나를 향해 달려들었다. 한 발로 콩콩 뛰어올 줄 알았더니 허공에 살짝 떠오른 도깨비가 부드럽게 미끄러지듯 나를 향해 달려들었다. 아차 싶어 아슬아슬하게 몸을 날려 피했다. 간발의 차이로 내가 서 있던 땅에 큰 자국이 생겨났다. 단순히 칼을 휘두른 게 아니라 칼로부터 어떤 기운이 날아온 것이다. 도깨비가 크앙 소리를 내며 더욱 위협적으로 칼을 쳐들었다. 그 기세가 자못 태산 같았다. 젠장, 아무래도 내가 뭔가 잘못 건든 모양이다. 단순히 물리력만 행사하던 도깨비가 졸지에 술의 같은 힘을 쓰기 시작했다. 도깨비가 또 한 번 칼을 쳐들었다. 과연 피할 수 있을까, 이렇게 죽는구나 싶은 순간 술의의 목소리가 대기를 찢어 놓았다.

"멈추어라!"

도깨비가 내게 관심을 쏟은 사이 주문을 완성한 술의의 몸에서 엄청난 기운이 쏟아졌다. 그 기운을 온몸으로 맞은 도깨비가 으아아 소리를 내질렀다. 도깨비를 완전히 제압한 술의는 다음 단계를 위한 주문을 외웠다. 그것이 별이를 정화할 때 썼던 주문임을 깨닫는 순간 나는 술의보다 더 빨리 허공에 문양을 그렸다. 환한 빛과 함께 도깨비의 본체에서 파란 구슬이 빠져나와 쏜살같이 내게 달려들었다. 나는 호리병의 뚜껑을 열고 심장을 받아 냈다. 술의가 비명을 터뜨렸다.

"무슨 짓이야!"

하아. 이제는 같이 화낼 기운도 없었다.

"말했잖아, 도깨비를 정화하기 위해 심장을 모은다고."

"네가 하는 건 도깨비 살해라고 내가 말했잖아!"

한껏 일그러진 얼굴로 절규하는 술의의 모습에 나는 화가 났다. 술의는 나를 살인자로 몰고 있었다.

"나는 만난 지 얼마 안 된 너보다 우리 사부님을 더 신뢰해. 그러니까 이제 그만해. 지친다."

술의의 얼굴에 절망이 깃들었다. 나는 분명 술의 얼굴에 서린 그림자가 절망이라고 생각했다.

"내가 네 사부보다 더 믿을 만한 사람이라면?"

"글쎄. 그런 사람이 존재하는지 난 잘 모르겠는데."

현재 이 땅 위에 그럴 만한 사람은 남아 있지 않았다. 맷골 출신이 아니고서야.

내 말에 술의가 복잡한 표정을 지었다. 이윽고 비통한 얼굴로 다시 입을 열었다.

"내가 맷골에서 함께 어울렸던 벗 중 하나라면?"

'뭐지? 맷골은 어떻게 아는 거지?'

불쾌함에 절로 목소리가 사나워졌다.

"뭐야, 너 내 뒤라도 캤어? 일부러 접근한 거야?"

사부님이 조심하라고 했던 말이 이제야 기억난 탓에 주춤거리며 술의를 경계했다.

내 행동에 술의가 입술을 깨물었다. 술의는 한참이나 더 머뭇거리더니 드디어 결심한 듯 단호하게 말했다.

"나 용이야."

두근. 심장이 크게 요동쳤다.

"용이에 대해선 또 어찌 알았는데!"

나는 술의가 용이라는 사실을 받아들이지 않았다. 어디서 주워들었겠지, 내게 어떤 목적이 있어 접근하기 위해 조사를 했겠지 하며 부정했다.

"미안해, 치욱아. 네게 너무나 큰 죄를 지어 미리 밝힐 수 없었어."

"큰 죄?"

술의가 어느새 내 앞에 무릎을 꿇고 눈물까지 흘리고 있었다.

"내가 너의 어머니를 죽인 것이나 다름없어. 용서해 줘."

다리에 힘이 풀려 나는 그대로 주저앉고 말았다.

용이의 이야기

"세상에 물과 흙과 불과 바람이 있었어."

술의는 기묘한 이야기를 시작했다.

"그러다 바람이 인간처럼 사고를 갖게 되었지."

나는 어이가 없어 순간 웃음이 터져 나오는 것을 막지 못했다. 내 반응에 술의가 난처한 얼굴을 했다.

"믿지 못할 이야기라는 거 나도 알아. 하지만 참고 들어줘. 아주 중요한 이야기니까."

술의가 어찌나 진지한지 더는 비웃을 수 없었다.

"생각을 한다는 건 무척 놀라운 일이었지. 마주하는 존재 모두가 기쁨을 줬으니까."

술의가 너무 진지해서 미친 이야기라는 걸 뻔히 알면서도 나는 멀뚱멀뚱 들어줄 수밖에 없었다.

"그중에서도 인간이 가장 흥미로웠어. 날카로운 송곳니와 이빨 없이도 세상 모든 짐승을 호령했어. 털가죽은커녕 몸을 보호해 줄 그 어떤 것도 없는데 무더위도 이겨 내고 한겨울도 이겨 냈지. 심지어 어느 순간부터는 세상 그 어떤 존재보다도 빠른 속도로 숫자가 늘더군. 바람은 그들의 넘쳐 나는 생명력이 어디에서 기인하는 건지 궁금했어. 그래서 남술의라는 이름으로 인간이 되어 보기로 한 거야."

나는 대체 이 이야기가 어떤 방향으로 어떻게 흘러가려고 하는 것인지 어디 끝까지 들어 보리라 다짐하고 이를 악물었다.

"그러다 한 소년을 만났고, 둘은 곧 절친한 벗이 되었어. 그게 바로 네 아버지야."

결심은 얼마 가지 못했다. 술의가 드디어 미친 게 아닌가 싶었다. 어이없는 말에 나는 목구멍까지 치민 욕설을 참아야만 했다.

술의, 아니 바람 말에 따르면 내 아버지 양석은 술의를 용이라고 불렀다. 바람은 술의라는 이름보다 용이라는 이름이 훨씬 좋았다. 그렇게 세월이 흘러 아버지가 혼례를 치렀다.

아버지의 혼인 첫날밤에 용이는 불길한 기운을 느꼈다. 그 기운이 새색시에게서 풍겨 나오는 것을 알게 되었지만 차마 나서지 못했다. 아버지가 어머니를 무척이나 사랑하는 탓이었다. 용이는 자신이 정신을 바짝 차리고 대응하면 될 거라고 여겼다. 문제는 혼례를 치르고 정확히 일 년이 지나서 발생했다. 어느 날 갑자기 어린 새댁인 어머니가 시름시름 앓기 시작했다. 처음엔 대수롭지 않은 고뿔처럼 시작되었던 병은 점점 악화되더니 급기야 금방 숨이 넘어갈 것처럼 심각해졌다. 어머니를 무척이나 사랑했던 아버지는 백방으로 수소문하여 용하다는 의원은 모두 불러들이고 귀하다는 약재는 모두 사들이기에 이르렀다. 하지만 아무리 노력해도 병은 나을 기미가 보이지 않았다. 포기할 수 없었던 아버지는 급기야 직접 치료해 보겠노라 의술을 배우기에 이르렀다.

그렇게 아무런 의미 없는 날들이 흘러가던 어느 날, 어딘가에서 새로운 치료법에 대한 정보를 얻어 온 아버지가 심각한 표정으로 용이 앞에 무릎을 꿇었다.

"너의 심장을 빌려 줘."

용이는 걱정했던 일이 눈앞에 닥친 것에 눈물을 흘렸다. 어떤 의원이었는지는 모르나 그 의원이 용이의 심장을 빌려 취하면 불로불사가 된다고 아버지에게 일러 준 것이다.

그 의원이 이 모든 일을 계획한 자라는 것쯤 충분히 짐작할 수 있었지만 직접 아버지의 부탁을 들은 이상 용이는 자신의 심장을 빌려주지 않을 수 없었다. 어차피 죽지 않는 바람이었다. 인간의 형태를 취하게 되면서 힘의 근원이 심장이 되긴 했으나 그것은 그의 생명과는 하등 관계가 없었다.

"그냥 빌려줄 수는 없었어. 그자는 네 어머니에게서 심장을 가로챌 생각이었으니까."

나는 아무 말도 할 수 없었다. 술의가 말하고 있는 그 말들이 어떤 의미인지 와닿지 않았다.

"나는 맷골에 모여 사는 도깨비들에게 도움을 청했어. 그들은 흔쾌히 인간 부부를 받아들였고 나는 그곳을 결계로 보호했지. 그 후에 네 어머니에게 심장을 빌려준 거야."

"잠깐, 지금 뭐라고 했어? 맷골에 사는 사람들이 뭐라고?"

"믿기 어렵겠지만 맷골은 그간 내가 정화해 온 도깨비들이 모여 사는 마을이야."

믿을 수 없는 말에 갑자기 머리가 깨질 것만 같았다. 그러다 문득 이상한 기억이 밀려들었다. 어릴 적 맷골에서 대수롭지 않게 넘어갔던 기이한 현상들. 마당을 혼자 쓸고 있는 빗자루, 저 혼자 움직이던 절굿공이, 슬근슬근 혼자 움직이던 톱까지……. 어째서 지금까지는 단 한 번도 눈치채지 못했던 걸까.

연달아 떠오르는 이상한 기억에 충격받은 나는 절대로 알고 싶지 않은 것까지 기억하고 말았다. 걸음마를 막 배우던 어린 시절. 툭하면 넘어지던 나를 매일같이 일으켜 주던 누군가가 있었다. 내가 나무란 나무는 다 타고 다녔을 때 그 나무 아래에서 늘 가슴 졸이며 쳐다보던 누나. 나는 점점 자라고 있었지만 그 누나는 절대로 자라지 않았다. 그리고 내가 열 살이 넘자 그 누나는 또래처럼 나와 함께 지냈다. 바로 꽃순이었다.

"그러고 보면 이상한 점이 한둘이 아니었어. 분명히 기억하는데 나는 왜 여태껏 알아채지 못했을까?"

"술법 때문이야. 우리는 네 어머니가 아이를 낳을 거라곤 상상도 못 했거든. 아주 곤란한 문제였지."

그랬다. 그 누구도 병이 깊은 어머니가 아이를 낳을 거라고 생각하지 못했단다. 하지만 맷골에 정착한 지 얼마

되지 않아 바로 태기가 있었고 그렇게 내가 태어났다. 모든 도깨비가 그 이유를 바람의 생명력을 품고 있기 때문이라고 했다.

"우리는 고민했어. 모두가 도깨비라고 미리 말해 줄까도 싶었지만 그랬다가는 너도 자신을 도깨비라고 여길까 걱정됐지. 감추려 해도 문제가 있었어. 맷골에는 어린아이들의 모습을 한 도깨비들이 있었거든. 그 애들이 변하지 않는 것을 네가 이상하게 여기면 어쩌나 싶어서 우리는 갓 태어난 네게 술법을 걸었어. 그래서 너는 이상한 것들을 보고도 모르게 된거지."

머리가 멍했다. 점점 모든 것이 아득해지는 것 같았다. 이대로 영원히 잠들고 싶었다.

"그러다 물, 불, 흙이 네 어머니를 찾아왔어."

다시 정신이 돌아왔다. 그래, 애초에 이야기의 핵심은 어머니였다.

"그들은 내가 의지를 갖고 행동하는 것을 마음에 들어 하지 않았지. 그 자체로 큰 죄라 여겨서 스스로 사고할 수 없는 듯 살았거든. 하지만 그날은 그들도 그럴 수밖에 없었어. 그 사람이 맷골을 찾아냈으니까. 결계 때문에 헤매긴 했지만 네 어머니를 찾아내는 건 시간문제였지."

물과 불과 흙은 그냥 모른 척할 수 없었다. 바람의 힘이 사라지면 균형이 깨지고 그렇게 되면 세상이 엉망이 될 거라고 그들은 믿고 있었다.

그래서 그들이 맷골에 찾아왔다. 갑자기 생긴 실개천. 그것은 물의 흔적이었다. 용이는 그들을 설득하기 위해 그리고 '그 사람'을 막기 위해 맷골을 떠난 것이다. 하지만 실패했고 결국 그들이 용이를 위해 어머니의 생명을 유지하고 있던 용이의 심장을 빼 갔다.

"그가 결계를 깨뜨리는 통에 나는 큰 상처를 입었고 한동안 정신을 차리지 못했지. 다시 깨어났을 땐 너와 네 아버지가 사라지고 없었어."

어렴풋이 아귀가 맞춰진다. 하지만 그럴 리가 없는데.

"아버지는?"

"네가 떠나려 하지 않아 '그 사람'이 제거한 거야."

"설마……."

"그래, 네 사부."

이제 별로 놀랍지도 않았다. 용이의 이야기를 종합해 보면 너무나도 당연한 이야기였다.

"너는 정신을 잃었다면서 어떻게 알 수 있는 거지?"

"흙은 계속 남아 있었어. 우리 중 가장 정이 많았지. 의지를 갖고 행동하는 걸 나쁘게 생각하는 것은 마찬가지였지만 내가 그랬던 것처럼 측은지심 또한 이길 수 없었던 거지."

혹시나 하고 기대했던 나는 역시나 하는 생각에 허탈했다. 그의 말을 반쯤 믿지 않았지만 나머지 반은 믿고 싶었다. 그런 내 심정을 알아채기라도 한 듯 용이의 표정이 부드러워졌다.

"네 아버지는 죽지 않았어."

다시금 혹시나 하는 마음이 고개를 쳐들었다.

"흙이 네 아버지를 구했어. 다만 흙이 개입한 걸 안 그 사람이 네 아버지를 빼돌린 탓에 어디에 있는지는 알 수가 없어."

아버지가 살아 있다는 건 기쁜 소식이지만 연달아 밝혀진 진실에 정신이 없었다. 용이의 말이 진실이라면 난 제대로 알고 있는 게 하나도 없는 셈이었다.

가만히 호리병을 만져 보았다. 그 안에서 살아 움직이는 심장들의 작은 진동이 느껴졌다. 그간 내가 구한답시고 심장을 빼낸 수많은 도깨비의 얼굴이 떠올랐다. 하나같이 공포에 질려 나를 저승사자처럼 바라보던 표정과 반으로 토막 나 똑 부러진 곰방대.

참수도 도깨비가 목을 베어 버린 시신들이 눈에 들어왔다. 따로 떨어져 있는 머리들이 짓고 있는 표정은 한결같았다. 그리고 나는 그 시신들의 표정과 내가 기억하는 도깨비들의 표정이 같다는 것을 깨달았다.

'나는 참수도 도깨비와 뭐가 다른 걸까?'

갑자기 찾아든 생각에 절로 몸이 떨렸다. 나는 세차게 도리질 쳤다. 결코 있을 수 없는 일이었다.

"난 도깨비 사냥꾼이야."

"그런 직업은 없어. 그자가 만든 말이지."

"아니, 난 도깨비 사냥꾼이야."

"내 말을 좀 믿어 줘. 네 사부는 널 이용했을 뿐이야. 그자는 이미 오래전부터 도깨비의 심장을 모으고 있었고 그 심장을 통해서 온갖 술법을 터득했어. 그리고 인간 중 그 누구도 가지지 못한 힘을 가졌어. 그는 벌써 몇백 살이 넘었어. 그것만으로도 큰 죄를 지은 거란 걸 모르겠어?"

"난 도깨비 사냥꾼이야!"

난 도깨비 사냥꾼이어야만 했다.

"넌 그자에게 속은 것뿐이야!"

속고 자시고 그런 건 상관없다. 난 도깨비 사냥꾼이어야 한다. 왜냐하면……

"난 살인자가 아니야!"

뜨거운 눈물이 흘러내렸다. 그대로 하늘을 바라보며 나는 살인자가 아니라고 연거푸 미친놈처럼 외쳤다. 노란 저고리에 빨간 치마를 입고 있던 소녀. 살려 달라 울부짖던 비명. 같은 표정을 짓고 날 바라보던 곰방대 도깨비.

뚝. 정신이 끊어졌다. 마지막 기억은 나를 보며 걱정스러운 표정으로 무어라 소리 지르는 용이의 얼굴이었다. 뒤이어 떠오른 것은 어느 과거의 기억이었다. 사부님의 은신처, 내가 무릉도원이라 이름 붙인 그곳에서 고된 수련에 지쳐 몰래 탈출했던 그날의 기억이 나를 휘감았다.

✶

세상 무서운 줄 모르고 어쭙잖게 배운 무예며 술법 등이 한참 신기하던 때, 나는 사부님이 자리 비운 틈을 타 세상 밖으로 나왔다가 산적과 맞닥뜨렸다.

"가진 것을 몽땅 내놓고 가야 할 것이다."

기세 좋게 외치는 산적 두목은 배가 불룩 튀어나온 땅딸보였다. 숨쉬기조차 힘들어 보이는 모습이 내 자만심을 부채질했다. 나는 사부님께 배웠던 기술 하나를 되새기며 허공에 문양을 그렸다. 번쩍 빛이 뿜어지고 엄청난 기운이 사방으로 뻗어 나갔다. 사부님에 비하면 보잘것없는 위력이었지만 그때 당시에는 무척 대단해 보였다. 물론 산적들에게도 그랬다.

어린아이가 사용한 이상한 기술에 데구루루 굴러간 녀석들은 순식간에 꼬리를 말고 자취를 감췄다.

"싱겁게 이게 끝이야? 쳇."

나는 그대로 가부좌를 틀고 주저앉았다. 아무렇지 않은 척했지만 혼탁해진 기운을 다듬어야 했다. 그렇게 눈을 감은 순간 누군가 뒤통수를 후려쳤다. 나는 그대로 혼절했고 어두컴컴한 깊은 밤이 되어서야 산적들 산채에서 겨우 정신을 차렸다.

험악하기 짝이 없는 사내들이 나를 둘러싸고는 킁킁거렸다. 그 틈에서 두목으로 보이는 땅딸보가 진지하게 물었다.

"너도 심장을 먹었느냐?"

'무슨 헛소리를 하는 거지? 심장을 먹어? 무슨 심장? 토끼의 간도 아니고 웅담도 아니고 심장을 왜 먹어?'

어리둥절한 나는 아무 말도 하지 않았다. 그러자 몽둥이찜질이 사방에서 쏟아졌다. 몸속에서 난리 치는 기운들

116

을 갈무리하지도 못한 상황이라 나는 아무런 저항도 하지 못했다. 속절없이 한참이나 찜질을 받고 나서야 땅딸보가 손을 들어 매질을 멈추게 했다.

"누가 심장을 주었느냐?"

"도대체 뭔 소린지 모르겠거든?"

"네가 쓴 힘은 인간이 사용할 수 없다는 걸 모르는 것이냐?"

"그건 너 같은 평범한 사람이나 그렇지. 타고나면 할 수 있다고 사부님이 그랬거든?"

"사부?"

땅딸보가 눈을 빛냈다. 소름이 끼쳤다.

"네 사부는 어디에 있느냐?"

"지, 지금쯤 내가 사라진 걸 눈치채고 찾고 계실 거다. 각오해야 할걸? 아주 대단한 분이시니까!"

사부님은 오래 자리를 비우는 법이 없었다. 아마 오늘 중으로 내가 없어진 걸 알게 될 터였다. 뒤통수에 혹이 좀 생기겠지만 어쨌든 구해는 줄 거라고 생각했다.

"그래? 잘됐구나. 이 녀석을 창고에다 가두어라. 미끼로 써야겠다."

"아악, 이거 놔! 아프잖아!"

"이 녀석도 도깨비의 힘을 쓸 줄 아는 것 같으니 부적 붙이는 것 잊지 말고."

나는 그대로 입에 재갈을 무는 바람에 더는 떠들 수 없었다. 낮에는 어리어리하기만 하던 땅딸보가 갑자기 진짜 산적처럼 보였다. 두 눈에 광기가 가득했다.

"어머니의 점이 틀릴 리 없지. 암, 그렇고 말고! 도깨비의 심장만 가지면 천하가 내 것이 될 것이다. 으하하."

무엇이 그리 좋은지 도통 알아들을 수 없는 소리를 외쳐 대는 산적을 뒤로하고 나는 어두컴컴하고 습기 가득한 창고에 처박혔다. 벽의 가느다란 틈으로 별빛, 달빛이 반짝였다.

절대 나오지 말라는 사부님의 명을 어기고 나온 건 내 의지였다. 이대로 사부가 나를 구해 주지 않으면 어찌 될지 온갖 불길한 생각이 자꾸만 밀려왔다. 저절로 눈물이 흘러내렸다. 재갈을 문 입에서 꺼이꺼이 소리가 자꾸만 새어 나왔다. 나는 눈물, 콧물을 질질 흘리며 울기 시작했다.

그러다 살짝 잠이 들었는데, 갑자기 시끄러운 소리가 들려 잠에서 깨어났다. 벽의 쪼개진 작은 틈으로 상황을 확인하려는데 뭔가 시뻘건 게 툭 떨어졌다.

"잠시 물러나거라."

익숙한 사부님의 목소리였다. 나는 반가워 눈물이 날 뻔했지만 씩씩하게 참았다.

평. 요란한 소리와 함께 벽이 통째로 떨어져 나갔다. 천천히 다가온 사부님은 나를 풀어 주었다.

"무서웠느냐?"

"아닙니다!"

거짓말이었다. 밤새 울어 두 눈이 퉁퉁 부었지만 당당하게 아니라고 외쳤다. 사부님이 빙그레 웃었다.

"사내답구나."

나는 씩 웃었다.

산적 소굴은 엉망진창이었다. 건물들이 폭삭 내려앉아 있거나 여기저기 불이 붙어 있었다. 곳곳에 쓰러져 엎어진 사람들이 있었지만 눈여겨보지 않았다. 무서웠다. 새삼 사부님이 얼마나 무서운 사람인지를 알게 되었다. 내게는 따뜻하시니까, 하고 나는 마음을 다잡았다.

"도깨비의 심장을 내놓고 가거라!"

사부님이 노려보는 곳에 땅딸보가 있었다. 머리에서 피를 철철 흘리면서도 미련을 버리지 못한 모습이었다.

"도깨비의 심장에 관한 이야기를 듣고도 도깨비를 찾을 수 없어 포기하려던 차였다. 그런데 이렇게 눈앞에 도깨비 심장을 가진 놈이 나타났으니 절대로 그냥 보낼 수는 없지!"

"어리석은 놈. 평범한 인간인 네가 도깨비의 힘을 가진 내게 대항하겠다는 것이냐?"

놈이 비열하게 웃더니 품속에서 부적 여러 장을 꺼내 들었다.

"내 어머니의 생명이 전부 담긴 부적이다. 아무리 네놈이 도깨비의 심장을 사용하고 있다 하더라도 인간인 이상 피할 수는 없을 것이다!"

"인간이라……."

어째서인지 사부님은 그 순간 비열한 미소를 지어 보인 듯했다. 워낙 순식간이었지만.

"잠시 뒤로 물러나 있어라."

사부님이 나를 밀어냈다. 나는 얼른 뛰어 몸을 숨겼다. 땅딸보는 이제 내게는 관심이 없어 보였다.

"어디 뜨거운 맛 한번 보아라!"

땅딸보가 부적을 허공에 뿌리자 놀라운 일이 벌어졌다. 노란 바탕에 붉은 문양이 그려진 부적들이 날쌔게 날더니 허공에서 뱅글뱅글 돌며 사부님을 에워쌌다. 핑핑 돌며 자리를 잡은 부적들에 팍 소리와 함께 불이 붙었다.

졸지에 사부님은 불 속에 갇힌 꼴이 되었다.

"그 속에서 그대로 타 죽어라! 그러면 심장만 남겠지. 으하하."

아악. 내 비명을 신호 삼은 듯 펑 하고 폭발음이 들렸다. 나는 훅 끼치는 열기에 그대로 바닥에 엎드렸다. 머리카락 타는 냄새가 났다.

"어, 어떻게……."

땅딸보가 휘청대다 주저앉았다.

불꽃은 찾아볼 수 없었다. 사부님은 그을음 하나 묻지 않은 모습으로 땅딸보를 향해 뚜벅뚜벅 다가갔다. 사부님이 무어라 중얼거렸다. 워낙 거리가 멀어 나는 들을 수 없었지만 땅딸보의 얼굴이 붉으락푸르락해지더니 이내 자포자기한 표정이 되었다.

나는 그대로 눈을 감았다. 사부님이 팔을 휘두르니 땅딸보가 픽 쓰러져 버렸다.

사부님은 다시 인자한 얼굴이 되어 내게 다가왔다.

"어디 다친 곳은 없느냐?"

나는 잠시 주춤했다. 몰래 나온 데다가 쓰지 말라는 힘까지 썼다. 무엇보다도 온 사방이 피바다라는 것이 나를 자꾸 움츠러들게 했다.

"이리 오너라. 내가 편하게 해 주마."

그리고 나는 그대로 쓰러졌던 것 같다. 왜 쓰러졌는지는 모른다. 그냥 그대로 나는 까무룩 잠이 들었다.

*

"괜찮아?"

용이가 나를 바라보고 있었다. 어느새 나는 어떤 집 안에 들어와 있었다. 주인을 잃어버린 집 하나를 정리하고 용이가 그곳에 나를 눕힌 듯했다. 나는 용이를 빤히 바라보았다. 산적 소굴의 기억. 그러고 보니 그곳에서 이미 도깨비 심장에 대해 들은 셈이건만 희한하게도 나는 그 기억을 떠올리기 직전까지도 새카맣게 잊고 있었다. 마치 누가 지워 버리기라도 한 것처럼.

"미안해. 미리 말해야 했는데……. 나 때문에 네 어머니가 죽었어. 그래서 네게 미움받을까 봐 차마 말할 수 없었어."

어머니의 죽음. 그것이 과연 용이의 책임일까. 따지고 보면 어머니를 죽인 것은 물과 불 그리고 흙이다. 아니, 더 따지고 들자면 애초에 병이 들게 한 사부님의 죄다. 내가 용이를 미워할 까닭이 없다. 호리병의 작은 떨림이 느껴졌다. 왈칵 눈물이 흘러넘쳤다.

"괜찮아?"

"괜찮아."

"그래도 한 가지 좋은 소식이 있잖아."

"좋은 소식?"

"네 아버지가 살아 있다는 것."

"아버지를 찾았어?"

"미안해. 그것까진 아직……. 나는 너를 찾는 것만으로도 벅찼어."

"나를 찾아?"

"응. 정신을 차리고 너희 집을 다시 찾았을 때 내가 본건 텅 빈 집과 네 사부가 남긴 글이었지."

"뭐라 쓰여 있었는데?"

용이가 잠시 망설였다.

나는 단호한 눈빛으로 재촉했다. 더는 아무것도 감추지 말고 내게 진실만을 말해 달라는 무언의 압박이었다. 용이는 그 뜻을 알아들었는지 힘겹게 입을 열었다.

"너를 찾으려거든 내 힘을 내놓으라고."

나 역시 용이의 힘을 빼앗기 위한 미끼였다. 또 눈물이 흘러내렸다. 나는 사부님을 두 번째 부모라 생각하며 살아왔는데. 그렇게 다정했던 행동이 전부 거짓이었다니 믿을 수 없었다.

"난 그 사람이 너에게 무슨 짓을 했을지 몰라 조마조마했어. 그래서 사방을 찾아 돌아다녔지만 찾을 수 없었어."

'설마 무릉도원 밖으로 나가지 못하게 한 것이……'

"그러다 우연히 너를 보고 얼마나 반가웠는지 알아?"

나는 묵묵히 방바닥만 바라보았다. 다시 만났던 그날 느꼈던 익숙함의 이유를 알았다.

"하지만 네가 나를 원망할까 봐 두려웠어. 그래서 사실을 말해야 하나 수없이 고민했지. 그러다 지금까지 오고 말았어. 미안해."

"원망 안 해."

마치 땅바닥을 파고들기라도 할 듯 자꾸 수그러들기만 하던 용이가 번쩍 고개를 들었다.

"뭐라고?"

"원망하지 않는다고."

"정말?"

"응. 네가 어머니를 죽인 게 아니니까."

용이가 눈물을 글썽거렸다. 그러더니 기어코 눈물을

흘리기 시작했다.

"진작, 진작 말할걸……. 네가 그리 생각할 줄 알았다면 진작 말하는 건데……."

"뭔가 오해한 거 같은데, 네 말이 진실이라면 그렇다는 거야."

눈물이 그렁한 채로 용이가 나를 바라보았다. 의아한 표정이었다.

"사부님을 같이 만나러 가자. 그래서 누구 말이 옳은지 들어 보는 거야."

용이의 표정이 일그러졌다.

"나더러 그자와 삼자대면을 하라고?"

"그래."

용이의 말이 진실이라는 심증이 있었지만 허리춤에서 작게 윙윙거리는 호리병을 도무지 외면할 수가 없었다.

"싫어?"

무표정한 내 얼굴을 용이가 빤히 바라보았다. 한참을 그리 바라보더니 힘없이 고개를 끄덕였다.

"네가 원한다면."

그러더니 일어나 내게 손을 내밀었다.

"가자."

나도 그대로 일어나 봇짐을 짊어졌다. 그리고 용이의 손을 외면하고 방을 나섰다. 나도 이런 내가 싫었다. 이기적이라 생각했다. 살인자가 되지 않으려고 벗을 외면했다. 어차피 살인자가 될 것을 알면서 사부님이 더 큰 거짓말로 나를 속여 주기를 바랐다.

마을에 즐비하던 시신이 전부 사라지고 없었다. 내가 기절한 사이 용이가 다 묻은 모양이었다. 하지만 바닥의 핏자국은 여전히 남아 있었다. 나는 그 핏자국을 밟지 않기 위해 애쓰며 걸었다.

용이가 조심스레 물었다.

"어디로 가는 거야?"

"맷골. 사부님의 은신처는 맷골 근처에 있어."

그랬다. 사부님의 무릉도원은 맷골과 물리적으로 그다지 멀지 않은 곳에 있다.

갑자기 가슴 한구석이 따뜻해지는 느낌이 들었다. 맷골로 돌아간다. 내 평생 가장 행복했던 그때로 돌아간다는 느낌이었다. 그들이 도깨비라는 사실은 모두 잊었다. 그저 고향이라는 단어 하나가 그 모든 것을 감싸 안았다.

문득 용이를 처음 만났을 때, 용이가 나를 순식간에 남산골로 이동시켰던 것이 떠올랐다.

"그거, 가능해?"

짧은 말이었건만 용이는 알아들었다. 용이는 여전히 삼자대면하자는 충격에서 벗어나지 못한 듯 다소 일그러진 미소를 지으며 고개를 끄덕였다.

"가자."

그 말 한마디면 되었다. 용이는 지그시 눈을 내리깔고 바람을 일으켰다.

삼
자
대
면

　몇 년 만에 다시 온 고향 맷골은 전혀 변한 게 없었다. 한여름의 짙푸른 논, 마을을 둘러친 뒷산, 시원한 그늘을 드리우는 거대한 느티나무 그리고 사람들까지 전부.

　자기 일처럼 나서 어머니의 장례를 치러 주었던 옆집 개똥이 부모님과 할머니. 아픈 아버지를 매일같이 들여다보던 먹쇠네 할아버지. 돌쇠랑 하나도 닮지 않은 돌쇠 부모님. 꽃순이처럼 곱디고운 꽃순이 어머니.

　내가 마을에 나타나자 어릴 적 친구들을 제외한 모든 사람이 기뻐하며 모여들었다.

　"친구들은 다들 어디 갔나요?"

　의아해하며 묻는 내게 마을 어르신들은 모두 난처한 표정을 지었다.

"그게 말이다……."

시선을 외면하던 돌쇠 아버지께서는 무척 난처한 표정으로 용이를 슬쩍 바라보았다.

"이제 치욱이도 사실을 압니다. 걱정하지 않으셔도 됩니다."

용이의 말에 모두의 표정이 일시에 환해졌다.

"다 안답니다!"

돌쇠 아버지의 외침에 저 멀리 담장 너머에서 작은 얼굴들이 쪼르르 모습을 드러냈다.

"정말?"

담벼락 뒤가 소란스러워지더니 이내 아이들이 발 빠르게 뛰어왔다.

"반갑다, 치욱아!"

"얼마나 보고 싶었는지 아니?"

모두가 내 기억과 한 치도 다름이 없었다. 그 틈에 별이도 있었다. 천진난만하기 짝이 없는, 오동통하게 살이 오른 아이. 심장에 저릿한 통증이 느껴졌다. 그 통증은 꽃순이를 대할 때 가장 컸다.

"다행이야. 어찌 설명할까 늘 고민하고 있었는데."

꽃순이가 활짝 웃었다. 그 미소가 내게 비수가 되어 박

했다.

"내가 마을에서 최고령자야, 몰랐지?"

"네가?"

"응. 생각해 봐. 비록 정화는 됐지만 우린 영원히 이 모습이야. 어린 여자아이 혼자 방랑자가 된다는 게 가당키나 하니?"

용이가 꽃순이의 말을 받았다.

"그래서 내가 도깨비를 모아 주었어. 최초의 맷골은 어린아이끼리 모여 숨어 사는 마을이었어. 그러다가 차츰 어른이 모여든 거야. 이 마을의 원로들은 모두 네 친구였던 저 아이들이야."

그제야 나는 내 친구들의 눈동자에 깃든 세월의 흔적을 알아볼 수 있었다.

꽃순이가 덥석 내 손을 잡았다.

"가자, 너네 집으로"

"우리 집?"

"응. 우리가 그동안 너네 집을 계속 관리해 왔어. 우리는 네가 다시 돌아오길 바랐거든."

"우리가 바라긴 개뿔, 네가 바란 거겠지."

돌쇠가 투덜거리자 꽃순이가 매섭게 노려보았다. 돌쇠

는 시선을 돌리더니 딴청을 부렸다. 어릴 적 기억과 한 치도 다르지 않았다. 돌쇠가 내게 시비를 걸 때면 꽃순이는 늘 지금처럼 돌쇠를 노려보곤 했다. 또 통증이 느껴졌다.

꽃순이의 손에 이끌려 도착한 우리 집은 정말로 예전 그대로였다.

늘 평상에 앉아 약재를 손질하던 아버지. 날이 좋을 때면 방문을 활짝 열어 놓고 있던 어머니. 그 사이를 오가며 온갖 장난을 치다가 꼭 뭔가를 엎거나 부서뜨리던 나. 해마다 가을이면 주황색 감이 한가득 열렸던 담벼락 옆 감나무. 심지어 평상에 걸쳐진 빗자루까지 모두 그대로였다.

"어떻게 이렇게까지……."

"말했잖아. 우리는 네가 모든 일을 끝내고 다시 돌아오길 바랐어."

"모든 일? 너희도 내가 당한 일을 다 알아?"

"대충은 알아. 네 아버지가 왜 이 마을에 와야 했는지 술의 님이 설명해 주셨으니까."

"그럼 내가 그동안 도깨비를……."

용이가 내 팔을 끌어당겼다. 작게 고개를 흔드는 걸 보니 아마 그 부분은 알지 못하는 모양이었다.

꽃순이는 눈치가 빨랐다.

"네가 그간 뭘 했는지 어떻게 살았는지는 잘 몰라. 하지만 잊지 마. 여기는 네 고향이고 우리는 무슨 일이 있어도 네 편이야."

환하게 미소 지은 꽃순이의 단호한 말에 모두가 고개를 끄덕였다. 나는 그 말이 진실임을 잘 알고 있었다. 선량하기 그지없는 이 도깨비들은 실상을 알게 되어도 정말로 나를 받아들여 줄 것이다. 그러나…… 나는 미간이 저절로 찌푸려지는 걸 막을 수 없었다.

눈앞에 내 기억과 하나도 다르지 않은 맷골의 모습이 펼쳐져 있지만 이제 더 이상 그때 그 맷골이 아니었다. 부모님도 계시지 않고 심지어 꽃순이와 다른 친구들은 모두 도깨비였다.

기어코 뜨거워진 눈에서 눈물이 쏟아졌다. 부모님과 함께하는 행복한 미래가 깨졌다. 평범하기 짝이 없는 맷골에서의 내 삶이 깨졌다. 꽃순이와 백년해로하고 싶었던 내 꿈이 산산이 조각났다. 그리고 나는 이제 살인자다.

온몸에 힘이 빠졌다. 휘청휘청 균형을 잡지 못했다. 열두 살 어린 친구들이 당황하여 떠받치려 했지만 그들은 너무 작았다. 그들은, 너무 작았다.

용이가 다가와 나를 부축했다. 흘러내리는 눈물을 닦

고 정신을 수습했다. 모두 거짓이어야만 했다. 나는 가까스로 버티고 일어섰다.

"가자, 사부님에게로."

내가 몸을 홱 돌려 걷기 시작하자 용이가 울상을 짓고 따랐다.

애써 모든 절망을 차곡차곡 한구석으로 밀어 쌓아 놓고 나는 용이를 처음 만났던 산으로 향했다. 저 멀리서 꽃순이를 필두로 마을 사람들이 모두 우리를 배웅했다.

사부님이 감춰 둔 작은 동굴을 통과하기 무섭게 달콤한 향기가 우리를 에워쌌다.

복사꽃이 활짝 핀 드넓은 평야였다. 저 멀리 은쟁반처럼 고요히 흐르는 넓은 강과 그 강에 멋들어진 기암괴석을 그리는 높다란 산과 그 산을 감싸는 새하얀 구름은 그저 보기만 해도 속이 시원했다. 어디 그뿐이랴. 여기저기 새들이 떼를 지어 날고 온갖 새와 풀벌레 소리가 가득한 이곳은 역시 이곳이 무릉도원이 틀림없다고 소리 높여 외치고 있었다.

용이가 중얼거렸다.

"무릉도원이 따로 없네."

믿을 수 없다는 눈치였다. 셀 수 없는 시간 동안 세상을 떠돈 그조차 이곳이 신기한 모양이었다.

"사부님이 만드신 거야."

"몇백 년간 도깨비의 심장을 모아 취하더니 결국 인간을 뛰어넘었나 보네."

나는 아무런 대답도 하지 않았다. 이성과 감성이 따로 놀고 있는지라 무슨 말을 해야 할지 알 수 없었다. 그저 옛일을 떠올릴 뿐이었다.

"우와! 이게 다 사부님이 만드신 거라고요?"

"그렇다니까."

"저도 열심히 수련하면 이런 것쯤 뚝딱 만들 수 있는 건가요?"

"글쎄다. 어려울걸?"

"왜요?"

"왜는 욘석아. 하라는 글공부는 안 하고 허구한 날 복숭아나 따 먹고 낮잠이나 자는 놈이 어느 세월에?"

"에이, 그거야 다 사부님 탓이죠."

"뭐라고?"

"사부님이 만드신 복숭아밭의 복숭아는 달기만 하고 저 하늘의 햇살은 이리 좋으니 낮잠이 절로 오는 걸 어쩌란 말입니까?"

"예끼, 욘석아. 말은 청산유수지."

　때로는 수련이 너무 힘들어 울고 싶었지만 대부분은 행복했다. 수련에 지쳐 힘들어할 때면 사부님은 슬그머니 나를 데리고 강가로 나가 배를 태웠다. 새소리뿐인 세상 속에서 조용히 낚싯대를 드리우노라면 신선이 된 기분이 들었다. 가끔은 사방에 복숭아꽃이 만개한 작은 정자에서 낮잠을 자기도 했다. 복숭아 향기에 취하여 시원한 바람을 맞을 때면 세상 모든 시름을 다 잊었다.

　사부님은 그런 제자를 곁에 두고 언제나 홀로 바둑을 두었다. 혼자서 흰 돌 검은 돌을 들고 미간에 주름을 잡아가며 돌 하나하나를 조심스럽게 놓았다. 나는 이따금 한참 사부님이 바둑에 빠져 있을 때를 노려 바둑판을 냅다 뒤집어엎고 도망치고는 했다. 사부님은 황망한 표정으로 앉아 있다가 뒤늦게 벌떡 일어나서 나를 쫓았다. 우리 둘뿐인 이곳에서 도망쳐 봐야 사부님의 손바닥 안이겠지만 그래도 그때는 그게 어찌나 재미있던지.

　"저기 있네, 그 사람."

　용이가 뭔가 입에 담아서는 안 되는 존재인 듯 말했다. 용이가 가리킨 손끝, 만발한 복숭아꽃 너머로 뾰족하게 솟아오른 작은 정자가 보였다. 그 가운데 사부님이 바둑을 두고 있었다. 내 기억 속 모습 그대로였다.

"넌 여기 있어. 내가 먼저 사부님께 가 볼 테니."

"그러다 너에게 해코지라도 하면?"

나는 잠시 고민했다. 과연 그럴까. 정말 사부님이 그렇게까지 나쁜 사람일까. 어쩐지 아닐 거란 생각이 들었다. 거짓말은 했을지언정 그간 내게 보여 준 다정함은 진심이었다고 믿고 싶었다.

"절대 그러지 않아. 그러니까 여기서 기다려."

용이는 불만스러워 보였지만 내 의견을 존중했다. 나는 홀로 복숭아밭을 가로질러 사부님에게 다가갔다.

"약속했던 날보다 일찍 왔구나."

바둑에만 집중하고 있는 줄 알았더니 내가 온 것을 알고 있었던 모양이다. 나는 정자에 오르지도 못하고 그대로 엎드려 큰절을 올렸다.

"일이 생겨 부득이 일찍 오게 되었습니다."

"그래, 용이를 만나니 좋더냐?"

그 목소리가 어찌나 싸늘한지 나는 고개를 숙이고 엎드린 자세에서 꼼짝도 할 수 없었다.

"심장은 얼마나 모았느냐?"

호리병 속 심장들이 그 말을 알아듣기라도 한 듯 작게 윙윙거렸다. 모두 몇 개인가 가만히 가늠해 보았다. 내가 만난 도깨비들이 머릿속을 스쳐 지나갔다. 하나, 둘, 셋. 하나같이 공포에 질려 있던 모습들. 넷, 다섯, 여섯. 어떻게든 도망가 보고자 했던 녀석들. 일곱, 여덟, 아홉. 심지어 살려 달라 애원하던 놈들까지. 열, 열하나, 열둘, 열셋. 내가 취한 목숨이 열셋이나 되었다. 나는 두 눈을 감고 말했다. 도저히 사부님을 제대로 바라볼 수 없었다.

"모두 열셋입니다."

"열셋이라. 일 년 만에 많이도 모았구나. 그간 내가 가르쳐 온 그 누구보다 뛰어난 성적이니라."

'그 누구보다?'

사부님의 제자가 나 혼자가 아니었단 말인가. 내가 그의 유일한 제자가 아니란 사실보다도 더 나를 견딜 수 없게 하는 건 싸늘한 사부님의 태도였다. 늘 보여 주던 온화하고 인자한 모습은 온데간데없었다.

"이리 내거라."

사부님이 정자에서 내려오더니 손을 내밀었다. 이제 사부님과의 거리는 팔을 뻗으면 서로 손을 잡을 수 있는 거리였다. 나는 호리병을 허리춤에서 끌러 두 손으로 감싸 쥐었다. 그래도 확인은 해 보자. 혹시 모르지 않는가, 만약 사부님이 거짓을 말한 게 아니라면 아직 내게는 희망이 남아 있는 것이다.

"제게 가르쳐 주십시오."

"가르쳐? 무엇을? 나는 네게 더 가르칠 것이 없느니라."

침을 꿀꺽 삼켰다. 목소리를 떨지 않기 위해 나는 무던히도 애를 써야 했다.

"제가 취한 이 심장을 직접 정화할 수 있도록 해 주십시오."

사부님이 의아한 표정으로 나를 바라보았다. 늘 눈꺼풀이 늘어져 보이지 않던 눈동자였는데 분명하게 보이는 까만 눈동자가 나를 비웃고 있었다.

"용이가, 아니 술의가 말해 주지 않더냐? 그따위 제사는 없다고."

눈앞이 캄캄해졌다. 갑자기 주위를 가득 채운 연분홍 복숭아꽃이 하나도 보이지 않았다. 새파란 하늘도 눈에 들어오지 않았다. 그저 캄캄한 밤하늘을 배경으로 사부님 홀로 유유히 떠 있을 뿐이었다.

"자. 어서 내놓거라. 그러면 내 너의 목숨만은 살려 주마."

사부님이 나를 죽이겠다고 말하다니 믿을 수 없었다.

눈물이 흘러내렸다. 이미 알고 있으면서도 혹시나 하는 그 작은 희망 하나 붙들어 보자고 여기까지 찾아와 기어코 모든 것을 확인한 건데. 차라리 오지 않았으면 쐐기는 박지 않았을 텐데.

"아버지는 어디에 있습니까?"

사부님이 씩 웃었다. 단 한 번도 본 적 없던 비열한 미소였다.

"그걸 왜 내게 묻는지 모르겠구나."

나는 호리병을 품에 꼭 끌어안았다. 그런 내 행동을 우습다는 듯 사부님이 내려다보았다.

"이리 내어라."

찬바람이 쌩쌩 불어온다. 늘 가슴 한구석을 따스하게 만들어 주던 그 목소리가 오늘은 한겨울 얼음보다도 차갑게 느껴졌다.

"싫습니다."

"어째서?"

"이것은 도깨비의 심장입니다. 그들의 목숨이 사부님의 사리사욕에 헛되이 쓰이게 두진 않을 것입니다."

갑자기 사부님이 미친 듯이 웃기 시작했다. 그 기세가

어찌나 충만한지 주변 나무들이 부르르 몸을 떨어 꽃잎이 후두둑 쏟아졌다.

"하하하. 내 사리사욕에 헛되게 쓰이지 않게 하겠다? 그럼 너는 그것을 어찌할 것이냐? 열셋의 심장을 취하면 너는 천하를 손에 넣을 힘을 얻을 수 있느니라. 그 힘이 네게 들어온다면 무엇을 할 것이냐? 아니, 과연 하고픈 게 있기는 한 것이냐?"

심장을 취한다는 생각은 애초에 눈곱만큼도 없었다.

"그 전에 너는 그 힘을 취할 용기나 있느냐? 아니, 내가 보기에 너는 절대 그러지 못해. 어찌 그리 욕망이란 게 없을 수 있지? 다 꺼져 가는 복수심을 수시로 되살리느라 내가 얼마나 고생했는지 알기나 하느냐?"

매번 부모님의 죽음에 대해서 언급했던 게 그런 의미였는지 몰랐다.

"내가 얼마나 어이없었는지 아느냐? 도깨비 속에서 자라서 그런가, 그 천성이 도깨비와 똑같더구나. 그런 네가 도깨비의 심장을 취할 수나 있겠느냐? 할 수 있다면 어디 한번 해 보아라. 그래도 너는 내 상대가 되지 못할 것이니!"

나는 벌떡 일어났다.

"왜 힘을 가지려 하십니까? 이미 다른 인간들은 할 수 없는 많은 일을 하실 수 있지 않습니까!"

"하늘을 다스리고 땅을 다스리는 위대한 신이 되려는 계획을 너 따위가 어찌 알겠느냐? 그저 작은 시골 마을 하나 여자아이 하나, 겨우 그 정도만을 소망한 네가 나를 어찌 이해해?"

"하여 천하를 얻고자 사람을 죽인단 말입니까? 도깨비도 사람과 다르지 않습니다. 그들도 생명입니다!"

"하여 열셋이나 되는 목숨을 취했느냐?"

지독한 현실이 심장을 꿰뚫었다. 나는 아무 말도 할 수 없었다.

"자, 이제 알았으면 내놓거라."

비록 그들을 되살릴 수는 없으나 최소한 그들의 목숨이 헛되이 쓰이는 것만은 막으리라.

"싫습니다."

"그렇다면 죽어라."

어, 하는 사이에 사부님에게서 엄청난 바람이 뿜어졌다. 나는 두 눈을 질끈 감았다. 하지만 귓가를 때리는 거친 바람 소리만 들릴 뿐 닥쳐온 것은 아무것도 없었다. 슬며시 눈을 떠 보니 내 앞에 거대한 흙의 장벽이 솟아 있었다.

"어서 이리 와!"

용이의 목소리가 바람을 타고 전해졌다. 저 멀리 두 손을 합장한 자세로 눈을 감고 무언가를 하고 있었다.

"이까짓 흙더미 따위가 감히 나를 막을 수 있을 성싶더냐!"

사부님의 거친 외침과 함께 쩍 소리가 나더니 흙의 장벽이 갈라지기 시작했다. 나는 벌떡 일어나 용이를 향해 냅다 뛰었다.

"어딜!"

등 뒤에서 매서운 살기가 느껴졌다. 내가 끌어안은 호리병 속 심장들이 요동쳤다. 내 심장은 그보다 더욱 심하게 요동쳤다. 나는 뒤도 돌아보지 않고 달렸다.

저 멀리 용이가 양손을 크게 휘두르고 내뻗었다.

"그대로 달려!"

용이의 목소리와 함께 엄청난 바람이 복숭아꽃을 죄다 떨구고 달려들었다. 나는 꽃잎을 통해 볼 수 있게 된 소용돌이 한가운데로 미친 듯이 뛰어들었다. 한 무리의 복사꽃이 나를 휘감았다. 또 다른 한 무리의 복사꽃은 나를 지나쳐 사부님을 향해 달려들었다. 나는 꽃잎 사이사이에 숨어 있던 작은 물방울을 보았다. 엄청난 속도에 마치 바늘처럼 보이는 그 물방울이 그대로 사부님에게 명중함과 동시에 내 몸은 공중에 둥실 떠올라 삽시간에 용이의 뒤로 옮겨졌다.

"괜찮아?"

사부님은 나를 해치려 했다. 심장을 내놓지 않는다는 이유로. 사부님에게 나는 그저 심장을 모아 오는 수하일 뿐이었다. 마지막 남은 희망마저 산산이 부서지고 이제 내가 믿을 건 용이뿐이었다.

"응, 괜찮아."

희한했다. 완벽한 절망에 빠져야 할 지금 이 순간 나는 무덤덤했다. 아마 이제껏 진실이 무엇인지 알고 있었기 때문이리라. 멍청하게 그것을 인정하지 않았을 뿐.

용이가 다시 한번 알아들을 수 없는 말로 주문을 외우며 수인을 맺었다. 후끈한 열기가 모여들었다. 그리고 그 열기는 곧이어 눈에 보이는 불꽃이 되었다. 작은 불꽃 수백 개에 둘러싸인 용이가 팔을 앞으로 뻗자 그 불꽃들이 그대로 사부님을 향해 달려들었다.

불꽃은 인정사정없었다. 자신에게 닿은 모든 사물을 불태웠다. 나를 향해, 아니 내가 든 호리병을 향해 매섭게 뛰어오던 사부님은 불꽃을 피해 그대로 붕 떠올랐다. 백발의 노인답지 않은 엄청난 도약이었다. 거의 동시에 용이가 수인을 바꾸자 은은하게 흐르던 강물이 솟구쳐 사부님을 덮쳤다. 까마득하게 높은 하늘까지 솟구쳤다 쏟아지는 통에 사부님은 그대로 물벼락을 맞고 땅바닥에 떨어졌다. 마지막 순간 균형을 잡아 볼썽사납게 떨어지는 꼴만은 가까스로 면한 것처럼 보였다.

분노에 사무친 듯 부르르 몸을 떤 사부님이 두 눈을 감고 주문을 외웠다. 내게 모든 것을 가르쳤다더니 그것도 거짓이었다. 나는 저 주문이 뭔지 알지 못했다.

품속의 호리병이 미친 듯이 요동치더니 사부님의 주문이 끝을 맺자 쏜살같이 내 품을 빠져나갔다.

용이가 절규했다.

"막아야 해!"

짧은 순간 나는 채찍을 꺼내 들었다. 그리고 쇠의 기운을 불어넣어 호리병을 향해 날렸다. 여인의 비명 같은 날카로운 소리와 함께 채찍이 호리병을 박살 냈다. 푸르게 빛나는 열세 개의 구슬이 허공에 떠올랐다. 사부님의 표정이 무섭게 변하더니 굉장히 빠른 속도로 다가왔다. 그 눈동자는 나와 용이가 아닌 심장을 향해 있었다.

"어딜!"

용이가 바람을 불러일으켰다. 순식간에 일어난 태풍 같은 바람은 허공에 떠오른 도깨비의 심장들을 감싸더니 하늘로 치솟았다. 사부님은 그 뒤를 따라 날렵하게 몸을 날렸다. 달려들던 속도를 줄이지 않고 그렇게 갑자기 하늘로 치솟는 모습은 도무지 인간이라고 볼 수 없었다.

용이가 이마에서 땀을 흘리며 주문을 외웠다. 쉴 새 없이 알아들을 수 없는 말이 터져 나왔다.

"하앗!"

용이가 기합을 내뱉자 하늘 높은 곳에서 번쩍 빛이 뿜어졌다. 그 뒤를 사부님의 비명이 따랐다.

"안 돼!"

나는 알 수 있었다. 도깨비의 심장들이 어딘가로 사라졌다는 것을.

쿵 소리를 내며 사부님이 떨어졌다. 자욱한 흙먼지에 사부님의 모습을 제대로 확인할 수 없었다. 안개 같은 그 흙먼지를 뚫고 뚜벅뚜벅 사부님이 걸어 나왔다. 아니, 이제 그는 더 이상 내가 아는 사부님의 외양을 하고 있지 않았다. 지금 내 눈앞에 나타난 그는 화려한 갓과 도포를 멋들어지게 차려입은 난생처음 보는 풍채 좋은 선비였다.

그가 매섭게 치켜뜬 눈으로 나와 용이를 노려보았다.

"그래, 어차피 이렇게 된 거 조금 이르지만 네 힘을 취해야겠구나."

"한낱 인간이 취할 힘이 아니다."

"과연 그럴까?"

사부님은 무척이나 자신감 넘쳐 보였다.

"너희가 왜 갑자기 의지를 갖게 되었는지, 바람인 네가 갑자기 왜 술의로 살게 됐는지 궁금해한 적 없느냐?"

용이가 살짝 눈살을 찌푸리자 사부님은 크게 미소 지었다.

"도깨비는 인간의 간절한 염원을 먹고 가장 아끼는 물건에 깃들어 태어나지. 자, 그럼 여기서 의문 하나. 어째서 너는 도깨비와 같은 성질을 지녔을까?"

용이가 움찔 뒷걸음쳤다. 그것을 목격한 사부님은 기세등등했다.

"내 꿈은 한낱 인간들을 다스리는 왕이 아니야. 하늘을 다스리고 땅을 다스리는 신이 되고자 하는 거야. 그러려면 너희 힘이 꼭 필요했지. 그래서 나는 간절히 소망했다."

남술의가 된 용이와 중년의 선비가 된 사부님의 모습이 서로 꼭 닮은 부자처럼 보이는 것은 내 착각이었을까.

사부님의 입술이 크게 호를 그렸다.

"바람에 깃든 도깨비. 멋지지 않으냐?"

용이가 입술을 깨물었다.

"설령 그것이 사실이라 해도 난 다른 도깨비와 다르다. 넌 내가 직접 내주기 전엔 내 심장을 가져갈 수 없어. 바람은 죽을 수 없으니까."

"그랬지. 한데 넌 너무 오래 인간이었거든."

말을 마침과 동시에 그의 입에서 주문이 시작됐다. 그러자 용이가 고통스러워하며 쓰러졌다. 다급한 나는 사부님께 채찍을 휘둘렀다. 우습게도 그는 주문을 멈추지도 않고 가뿐하게 팔만 휘둘러 나를 날려 버렸다. 날아가는 와중에 용이의 심장이 뽑혀 나오는 것을 목격했다. 안 돼! 나는 다시 정신을 차리고 인정사정없이 채찍을 휘둘렀다. 소용없는 짓이었다. 용이가 비명을 내지르자 심장은 쏜살같이 튀어 나가 사부님의 몸으로 빨려 들어갔다.

"이제 조만간 나머지 셋도 내가 취하게 될 것이다."

그 말을 마지막으로 사부님은 슉 사라졌다.

사방에 어둠이 내려앉았다. 복숭아나무가 모두 시들어 말라비틀어졌다. 탐스럽던 과실이 모두 떨어져 썩어 버렸다. 깨끗하고 잔잔하게 흐르던 드넓은 강이 시커먼 바닥을 드러내고 말라붙었다. 아름다운 절경을 자랑하던 절벽이 음침하기 짝이 없는 괴기스러운 모습이 되었다. 아름다운 노랫소리를 퍼뜨리던 새들이 전부 죽어 검은 바닥으로 추락했다.

이제 이곳은 더는 무릉도원이 아니었다. 그리고 나는 우리가 이곳에 갇혔다는 걸 알아차렸다.

어린 소년이 된 용이가 가까스로 정신을 차리고 있었다. 나는 얼른 다가가 부축했다.

"괜찮아?"

"미안해. 네 사부를 막을 수 있을 줄 알았어. 기껏해야 도깨비 심장 몇 개 취한 인간인 줄 알았는데……."

나는 고개를 흔들었다.

"괜찮아. 우리가 막으면 되잖아."

"무슨 수로?"

"방법이 있겠지."

나도 모르게 툭 튀어나온 말이 어이없어 웃자 용이도 따라 웃었다.

"그나저나 어떻게 빠져나가지?"

"그들에게 매달리는 수밖에."

"그들?"

"응. 물, 불, 흙 말이야."

"그들이 도와줄까? 의지를 갖고 행동하는 거 자체를 불쾌하게 여긴다며."

"어쩌겠어. 생겼으니 써먹어야지."

"어떻게 부를 건데?"

"글쎄, 이미 부른 거 같은데 왜 아무도 안 오지?"

"이미 불렀다고?"

"응. 그들은 아직 나처럼 육신을 입지 않아서 세상 어디에나 있어. 그래서 내가 당한 일을 직접 봤을 거야."

"그래. 그래서 화가 나 있는 참이지."

흙의 목소리였다. 땅이 우르르 울려서 나는 지진이 난 줄 알고 깜짝 놀랐다.

"불행히도 나뿐이야. 물과 불은 의지를 거부해야 그에게 놀아나지 않는 거라고 생각하는 것 같아."

"왜 추측이야?"

"물어봐도 대답을 하지 않아. 생각하는 것 자체를 거부하고 있으니까."

"물과 불다워."

용이가 씩 웃었다. 땅이 다시 한번 우르르 울렸다. 마치 웃는 것 같았다.

"꺼내 주면 되는 건가?"

"응. 다시 입구로 내보내 주면 돼."

"그래."

"고마워."

어리둥절했다. 아무것도 하지 않았다. 어지럽지도 않았다. 분명 음침한 동굴 속에 있었는데 그저 눈 한번 깜빡이자 뒷산 꼭대기였다.

이것이 땅의 힘인가. 그럼 그와 동급인 바람의 힘은 어느 정도로 강력한 걸까. 그 힘을 취한 사부님은 얼마나 강해진 거고. 용이가 그런 내 생각을 간파했다.

"인간의 형상을 취하면서 나는 인간이 가질 수 있는 수준의 힘밖에 가져오지 못했어. 걱정하지 마. 가자."

나는 걷기 시작한 용이의 뒤를 얼른 따랐다.

멀리 맷골이 보이기 시작했다. 해가 뉘엿뉘엿 저물고 있었다. 집집이 솟아오르는 밥 짓는 연기를 보며 나는 행복을 느꼈다. 용이와 나는 힘을 내어 열심히 걸었다.

2

도깨비를 잡아먹는 도깨비

꽃순이

나와 용이는 맷골 입구에서 망연자실한 채 아무것도 하지 못하고 그냥 서 있었다.

한여름 시원한 그늘이 되어 주던 느티나무는 두 동강이 나서 얼핏 보면 두 그루처럼 보였다. 좀 떨어진 곳의 우물가 역시 엉망이었다. 여기저기 그을린 잔해가 나뒹굴었다. 장독대는 깨졌고 처마마다 매달던 옥수수도 떨어졌다. 갖가지 말린 나물도 엉망진창 짓밟혔다. 피 한 방울 보이지 않아 얼핏 보면 태풍이 휩쓸고 지나간 것 같지만 피해자는 모두 도깨비였다.

용이가 주먹을 쥐었다.

"그자의 짓이야."

나 역시 그렇게 생각했다. 사방에 깔린 특이한 문양 때문이었다.

'이것이 무슨 글자입니까?'

'이것은 글자가 아니니라.'

'그럼 무엇입니까?'

'이것은 주문을 형상화한 그림이란다.'

'그림이요? 그럼 그대로 따라 그리기만 하면 되는 것입니까?'

'그것은 아니다. 이것은 오직 나만이 만들 수 있는 일종의 부적 같은 것이지.'

'저는 배울 수 없습니까?'

'배울 수는 있겠지. 하지만 네가 그리는 문양은 너만의 독특한 형태를 지니게 될 것이니라.'

'어째서 그렇습니까?'

'이것은 자신의 생명을 담보로 사용하는 주술이기 때문이다.'

또렷하게 기억하는 그 문양은 느티나무뿐 아니라 모든 집 여기저기에 마치 보란 듯이 남아 있었다.

처음부터 이곳이 도깨비 마을임을 알았을 것이다. 일 년간 모은 열세 개의 심장을 보고 많은 숫자라 칭찬했던 사부다. 나 때문에 맷골을 내버려 두면서 얼마나 아까웠을까. 인근에 은신처를 만든 것은 그 때문이었으리라. 여차하면 모두의 심장을 취할 생각이었을 것이다.

나는 헐레벌떡 꽃순이의 집으로 달려갔다. 제발, 제발 무사하기를 바랐다.

꽃순이 집 마당은 좀 어질러진 걸 제외하면 평소와 큰 차이가 없었다. 나는 순간 희망에 부풀었다. 하지만 댓돌 위에 새겨진 문양을 보고 말았다. 희망이 산산이 조각나고 미친 듯이 이리저리 꽃순이의 본체로 추정되는 물건을 찾아 헤맸다.

용이가 다가와 손을 내밀었다. 그곳에 반으로 쪼개져 두 개가 되어 버린 옥가락지 하나가 놓여 있었다. 용이가 내게 옥가락지를 넘겨주었다. 나는 소중하게 받아 들고 꼭 쥐었다. 그리고 가슴에 끌어안았다.

"꽃순아⋯⋯."

용이는 어느새 마당에 도깨비들의 본체를 모아 놓았다. 내 뒤를 쫓아 오면서 전부 챙겼던 모양이다. 수북이 쌓인 본체들이 마치 쓰레기 더미처럼 보여서 나는 울음을 참을 수 없었다. 내게 남은 유일한 것 하나. 고향이 파괴되고 만 것이다.

어머니가 돌아가셨을 때도 복수를 다짐했을 때도 진실

을 알았을 때도 소리 죽여 눈물만 흘렸는데, 이제는 도저히 참을 수 없었다. 나는 갓 태어난 어린아이가 우는 것처럼 엉엉 울기 시작했다. 탈출하면서 기세 좋게 막겠노라 외쳤던 기백은 어디 갔는지 나도 모른다. 나는 서럽게 울부짖었다. 악악 비명을 내질러 가며 흙바닥에 이마를 짓찧었다. 내 희망과 행복이 모두 사라졌다.

도깨비 따위 없는, 사부님 같은 악한 따위 존재하지 않는 세상이었으면 어땠을까. 그랬다면 모두가 평범한 사람이었을 테고 이런 일도 없었을 테고 나는 꽃순이와 백년해로할 수 있었을 것이다. 그랬다면 내가 이렇게 비극적인 상황에 부닥치는 일도 결코 없었을 것이다.

'도깨비가 없는 세상이었더라면!'

으아아. 울분을 내지른 순간 손바닥이 뜨거워졌다. 알아차렸을 때는 더 이상 손에 쥐고 있을 수 없을 정도라 나는 그만 꽃순이의 옥가락지를 팽개쳐 버렸다. 어느새 다시 하나가 된 옥가락지가 불에 달궈진 쇳덩이처럼 시뻘겋게 변해 있었다. 다급히 용이를 보았으나 용이도 무슨 일인지 모르는 눈치였다.

붉은빛이 물거품처럼 부풀어 커졌다. 이윽고 빛이 인간의 형상을 취했다. 나는 겁이 나서 주춤주춤 뒤로 물러

섰다. 마침내 붉은빛이 사라졌을 때, 그 자리에 모습을 드
러낸 것은 다름 아닌 꽃순이였다.

처음에는 꽃순이가 숨어 있다 튀어나온 것 아닌가 싶
었다.

"꽃순아, 무사했구나!"

그러나 꽃순이는 아무 말도 하지 않았다.

"꽃순……."

그제야 나는 이상한 것을 알았다. 초점 없이 흐린 꽃순
이의 눈동자는 멍하니 허공을 바라보고 있었다.

"꽃순아!"

내가 버럭 소리를 질렀지만 미동조차 하지 않았다. 귀
마저 들리지 않는 것 같았다.

"뭐라고 말 좀 해 봐!"

내가 어깨를 붙들고 흔들었지만 꽃순이는 이리저리 흔
들릴 뿐이었다.

'어떻게 된 거지?'

나는 어리둥절하여 용이를 바라보았다. 용이 역시 어
찌 된 일인지 도무지 알 수 없다는 표정이었다.

땅바닥에 떨어졌던 가락지는 사라지고 없었다. 꽃순이
는 바로 그 자리에 서 있었다. 바람이 불어와 옷자락이 휘

날렸지만 마치 허수아비에 입혀 놓은 옷이 나부끼는 것처럼 느껴졌다. 나는 꽃순이 앞에 무릎을 꿇고 시선을 마주했다.

"꽃순아?"

조심스럽게 그리고 부드럽게 불러 보았다. 꽃순이가 반응했다. 하지만 내가 원하는 반응은 아니었다. 꽃순이가 몸을 뒤로 돌리더니 손을 쭉 뻗었다.

"무슨 의미야?"

나는 꽃순이에게 물었다. 하지만 꽃순이는 뒤돌아 나를 보고 생긋 웃더니 다시 팔을 뻗었다.

"저쪽으로 가자는 거 아냐?"

용이가 말했다. 꽃순이가 다시 뒤를 돌아 생긋 미소 짓더니 다시 아까의 그곳을 가리켰다. 용이의 말을 듣고 나서 다시 보니 그게 어딘가를 가리키는 동작인 것을 알 수 있었다.

"그쪽으로 가자고?"

꽃순이는 아무 대답도 하지 않고 여전히 한 방향을 가리키고 있을 뿐이었다.

'어쩌면 좋지.'

결론을 내리는 건 어렵지 않았다. 이제 우리에게 남은

건 꽃순이뿐이었다. 우리는 꽃순이가 가리키는 방향을 따라 하염없이 걷고 또 걸었다.

장이 선 듯 시끌벅적했다. 놀이패가 놀이를 막 시작한 참이었다. 어찌나 현란한 춤사위인지 나는 그만 넋을 놓았다. 춤사위가 끝나기 무섭게 보는 사람이 더 조마조마한 줄타기가 이어졌다. 가지각색의 탈을 뒤집어쓰고 우스갯소리를 내뱉는 탈춤도 벌어졌다. 우락부락한 사내들은 상반신을 드러내고 구슬땀을 흘려 가며 힘자랑을 했고, 춤꾼들은 현란한 색상의 옷깃을 나부끼면서 가지각색의 꽃 모양을 만들어 냈다. 흥겨운 가락과 더불어 모든 것이 신이 나서 정신을 놓았는데 용이가 소맷자락을 툭툭 잡아당겼다.

"꽃순이가 없어졌어."

나는 텅 빈 손을 보았다. 분명 꽃순이의 손을 잡고 있었는데.

"꽃순아!"

나와 용이는 큰 소리로 꽃순이를 불렀지만 애초에 꽃순이가 대답할 리 만무했다. 우리는 있는 힘껏 구석구석 뒤지는 수밖에 없었다.

한참 만에야 우리는 어떤 골목에서 꽃순이를 발견했다. 저 너머에 많은 사람이 오가며 시끄럽게 물건을 사고파는데 이곳은 흡사 무덤처럼 고요했다. 꽃순이는 어떤 소녀를 향해 다가가고 있었다. 소녀는 영문을 모르겠다는 듯 고개를 갸웃했다. 나는 눈앞의 소녀가 인간이 아닌 것을 단번에 알아챘다.

소녀는 우리를 아랑곳하지 않고 꽃순이를 바라보았다.

"넌 누구니?"

꽃순이는 말이 없었다. 그저 어느 순간 멈춰 서서 소녀를 향해 두 팔을 뻗을 뿐이었다.

"나랑 놀아 주려고 온 거야?"

도깨비는 양팔을 활짝 벌리고 당장에 끌어안을 듯 꽃순이에게 달려들었다. 어쩐지 이 도깨비의 욕망을 알 것 같았다.

"와아, 신난다!"

도깨비가 원하는 것은 아마도 친구. 전혀 위험해 보이지 않았기에 나는 그대로 내버려 두었다. 그러나 상황은 전혀 예기치 못한 쪽으로 흘러갔다. 꽃순이에게 닿은 순간 도깨비가 사라졌다. 남은 것은 풀썩 떨어지는 작은 댕기 하나. 그 댕기의 푸른 기운이 잠시 일렁이다 스르륵 꽃순이에게로 옮아갔다. 꽃순이를 에워쌌던 빛은 잠시 후 꽃순이에게 흡수되었다.

"꽃순아……."

꽃순이가 싱긋 웃었다. 경악스러웠다.

"너, 무슨 짓을 한 거야!"

나는 꽃순이를 붙들고 흔들었다. 꽃순이가 사부님 같은 짓을 할 리가 없다.

"너 누구야!"

꽃순이는 미소를 짓더니 팔을 들어 허공 어딘가를 가리켰다. 그 방향은 이 고을에 들어오기 전까지 꽃순이가 가리키던 방향과 달랐다.

"너 설마…… 도깨비를 찾아다니는 거야?"

꽃순이는 말없이 어느 집 담장만 가리켰다. 정확히는 담장이 아닌 훨씬 먼 어딘가리라.

"그런 것 같다는데?"

"뭐?"

"흙이 그랬어. 그쪽으로 쭉 가다 보면 도깨비가 하나 있을 거라고."

저절로 얼굴이 일그러졌다. 꽃순이는 천진난만한 표정으로 계속 한 방향을 가리킬 뿐이었다.

"이제 어떡해야 해?"

나는 그대로 주저앉아 용이를 바라보았다. 용이는 어깨를 으쓱하며 마치 아무 일도 아니라는 듯 대답했다.

"그냥 가 보자."

"왜?"

"어쩐지 꽃순이의 일을 도와야 할 것 같은 생각이 든대."

"누가?"

"흙이."

인간도 도깨비도 아닌 어떤 존재의 선택이라. 그 선택은 과연 옳을지 나로서는 알 수 없는 일이다. 그렇다고 무엇을 해야 하는지 딱히 뾰족한 수가 생각난 것도 아니었다. 머리가 터질 것 같았다.

무엇보다도 나를 힘들게 한 것은 꽃순이가 도깨비를 죽인 사실이었다.

해가 서산으로 넘어간 지 이미 오래되었다.

"저기 불빛이 보여."

용이가 팔을 뻗어 한 방향을 가리켰다. 나는 용이의 손을 따라 두 눈을 가늘게 뜨고 살펴보았다. 멀리서 희미한 빛이 보였다. 용이가 이제는 평범한 인간이라는 것을 알게 된 후로 노숙은 될 수 있으면 하지 않기로 한 터라 나는 힘을 냈다.

"계십니까?"

나는 사립문 밖에서 정중히 주인장을 청했다. 헛간 안에서 빛이 어른거리는 것이, 무언가를 하고 있는 게 틀림없는데 아무도 나와 보지 않았다. 나는 포기하지 않고 한 번 더 청했다.

"계십니까?"

깊은 밤 혹여 큰 소리에 놀랄까 걱정되어 조심스럽게 말한 탓인지 두 번째도 반응은 없었다. 나는 헛기침을 두어 번 하고는 좀 더 크게 외쳤다.

"계십니까!"

그제야 헛간의 벽 틈새로 불빛이 흔들거렸다. 이내 슬쩍 문이 열리고 누군가 빼꼼히 고개를 내밀었다.

"뉘슈?"

눈을 가늘게 뜬 것을 보니 환한 곳에 있다 나와서 우리를 제대로 확인할 수 없는 모양이었다.

"길 가던 나그네입니다. 밤이 깊어 노숙하려다 불빛을 보고 이리 오게 되었습니다."

나는 정중하게 허리를 숙여 최대한 예의를 표했다. 용이도 따라 허리를 숙였다. 꽃순이는 뭐, 늘 그렇듯 멍하니 서 있었다.

주인장이 다가와 등을 높이 쳐들고 우리를 이리저리 비춰 보더니 놀란 표정을 지었다.

"아니, 어린아이를 둘이나 데리고 여행을 하시오?"

"어쩌다 보니 그렇게 되었습니다."

나는 최대한 인상이 좋아 보이기를 바라며 부드럽게

미소 지었다.

"어린 녀석들이 고생이 많구려. 어서 들어오시오."

주인장은 서둘러 사립문을 열었고 나는 꽃순이와 용이를 먼저 들게 했다.

주인장은 다소 경계하는 것처럼 보였던 처음과 달리 꽃순이와 용이를 본 후로 마치 오래 알고 지낸 이웃집 아저씨같이 푸근해졌다.

"저녁은 드셨소?"

"간단하게 먹었습니다. 그저 밤을 지새울 공간만 내어 주시면 감사할 따름입니다."

주인장은 활짝 웃으며 대청마루로 이어진 두 방 중 하나의 문을 열었다.

"원래 내 딸이 쓰던 방이오. 오래전부터 비어 있던 터라 좀 싸늘하오만 내 금방 불을 땔 터이니 어서들 들어가 보시오."

"날이 그리 춥지 않으니 불은 때 주지 않으셔도 괜찮습니다."

"그럴 수야 없지. 어린아이가 둘이나 있는데."

주인장이 사람 좋은 미소를 짓더니 우리의 등을 떠밀어 방에 들게 하고는 서둘러 어딘가로 사라졌다. 한참 부산 떠는 소리가 들리더니 이윽고 방바닥에서 온기가 올라왔다. 나는 오랜만의 온기를 느끼며 꽃순이와 용이의 잠자리를 봐 주었다. 종일 걸은 터라 피곤했는지 용이는 이부자리 위에 눕기 무섭게 곯아떨어졌다. 꽃순이는 잠든 것처럼 보였지만 진짜 자는 것인지 확인할 길이 없었다.

나는 하염없이 꽃순이만 바라보았다. 꽃순이는 그사이 벌써 셋이나 되는 도깨비를 먹어 치웠다. 막아 보려 했지만 꽃순이와 스치기만 해도 사라져 버리는 통에 속수무책이었다.

'도대체 꽃순이는 누구의, 어떤 염원에 지배당하고 있는 걸까?'

한참 동안 꽃순이를 바라보던 나도 잠을 청해 보기로 했다. 온갖 복잡한 생각 때문에 쉬이 잠이 올 리 없지만 여행을 계속하려면 잠을 자 두어야 했다. 뜨끈한 열기가 두꺼운 요를 뚫고 전해져 몸이 노곤해졌다. 온몸이 땅바닥으로 끌려 들어가는 것 같았다. 그러나 정신은 점점 더 또렷해졌다.

아버지 생각, 사부님 생각, 꽃순이 생각, 도깨비 생각까지……. 꼬리에 꼬리를 물고 이어지는 생각은 아무리 해도 끝나지 않았다.

"에라이."

나는 벌떡 일어났다. 대충 옷을 추스르고 방을 나섰다.

헛간에서는 여전히 빛이 새어 나오고 있었다. 높다랗게 달이 뜬 깊은 밤. 주인장도 잠이 오지 않는 것일까. 나는 살그머니 다가가 문을 두드려 보았다. 부스럭부스럭하는 소리가 들리더니 삐걱 문이 열렸다.

"잠이 오지 않으시오?"

"노숙을 오래 하다 보니 도리어 편한 잠자리가 불편하게 느껴지나 봅니다."

"저런, 아직 어린 거 같은데 어찌 그리 험한 생활을 하시었소?"

"어쩌다 보니 그렇게 되었습니다."

"잠이 오지 않으면 와서 구경이라도 하시겠소?"

"혹, 제가 방해되지 않을는지요?"

"방해는 무슨. 나도 말동무가 있으면 지루하지 않고 좋지요."

주인장의 푸근한 미소에 나는 고개를 꾸벅 숙여 감사를 표하고 헛간으로 들어갔다.

헛간은 꼭 작업장 같았다. 이름 모를 온갖 도구가 즐비한 가운데 만들다가 만 작고 동그란 벼루 하나가 눈에 띠었다.

"벼루를 만들고 계셨습니까?"

"심경이 복잡할 때는 벼루 만드는 것만 한 게 없지요."

주인장은 들고 있던 등을 내려놓고 다시 앉아 벼루를 만들기 시작했다. 말동무가 있으면 지루하지 않고 좋을 거라는 말과 달리 그는 작업 내내 한마디도 하지 않았다. 무언가 깊은 생각에 빠진 것처럼 보이는 그의 모습에 나는 아무런 말도 건넬 수 없었고 건네서도 안 된다고 생각했다. 내가 할 수 있는 것은 그저 바라보는 것뿐이었다.

그의 손은 벼루가 되기 전의 돌만큼이나 투박했으나 손놀림은 섬세했다. 한참 만에 나는 그가 만드는 것이 선비들이 사용하는 벼루가 아닌 것을 알아보았다. 그것은 연지를 바르기 전, 물에 개거나 눈썹을 그리기 위한 먹을 가는 화장연이었다. 이제 막 연마를 마친 화장연은 주인장의 손길을 따라 크고 작은 꽃을 피워 냈다. 심경이 복잡할 때는 벼루를 만드는 것만 한 게 없다고 했던 주인장의 말은 옳았다. 놀랍게도 그저 구경만 할 뿐인데 마음이 차분해졌다.

주인장은 완성된 화장연을 보고 만족스러운 미소를 지었다. 돌이 본래 가지고 있던 회색 바탕의 하얀 무늬가 무척이나 돋보였다. 좀 투박한 듯 하지만 전체적으로 매끄럽고 둥그스름한 형태였다. 가장자리로 섬세하게 새겨진 매화꽃만큼 활짝 웃은 주인이 내게 화장연을 내밀었다.

"선물이오."

"예?"

"함께한 여자아이 말이오. 우리 딸 어릴 때가 생각나더구려. 아직 어리지만 조만간 하나 필요하지 않겠소? 그때까지 잘 간직했다가 선물하시구려."

꽃순이가 화장연을 사용할 날이 오기는 할까.

"팔기 위해 만드신 게 아니었습니까?"

"그저 딸 생각에 잠이 오지 않아 마음을 가다듬을 겸 만든 것뿐이라오."

"딸 생각이요?"

주인장은 긴 한숨을 내쉬다 잠시 생각에 빠지는가 싶더니 조금 슬퍼 보이는 미소를 지으며 말했다.

"먼저 간 딸 생각에 잠 못 이루는 날마다 조금씩 만들었다오. 그런 벼루를 돈 주고 팔긴 좀 그렇지 않겠소?"

자식을 앞세운 부모의 심정이야 말해 뭣 하랴. 도대체 뭐라 위로해야 할지 몰라 머뭇거리는 사이 다시 환하게 웃는 주인장이 내 손에 억지로 화장연을 쥐여 주었다.

"그럼 나는 이만 들어가리다. 어서 가서 잠을 청해 보시오."

나는 고개를 끄덕이고 화장연을 손에 든 채 떠밀리듯 헛간을 나섰다.

내가 방에 들어온 뒤 맞은편 방문이 열렸다 닫히더니 금세 코 고는 소리가 들려왔다. 부러웠다. 나도 잠을 청해 보고자 했지만 머리맡에 놓인 화장연이 신경 쓰여 잘 수 없었다. 꽃순이는 아무리 긴 시간이 흘러도 저 화장연을 사용할 기회가 오지 않으리라.

어느덧 창밖이 뿌옇게 밝아지기 시작했다. 부지런한 수탉 한 마리가 큰 소리로 울었다. 나는 오늘도 밤을 지새우고 말았다.

"그럼 평안히 지내십시오."

해가 중천에 뜨고 나서야 일어난 주인장에게 마지막 인사를 건넸다. 아침 일찍 떠날 채비를 모두 마쳤으나 차마 인사도 없이 떠날 수는 없었기에 일어나지 않는 주인장을 기다리다 보니 지체된 것이다.

"아이고, 내가 늦잠을 자 버려서 이때껏 기다리게 했으니 정말 미안하외다."

"아닙니다. 재워 주신 것만으로도 고마울 따름입니다."

우리는 연거푸 허리 숙여 인사를 주고받으며 벼루 장인의 집을 나섰다.

꽃순이는 벼루 장인의 집을 나서기 무섭게 어딘가를 가리켰다. 꽃순이의 손을 보며 잠시 한숨이 나왔지만 가지 않을 수도 없었다. 다른 방향으로 가면 억지로 움직이려 해도 꼼짝하지 않는 꽃순이를 마주해야 했다. 기이하게도 정말 큰 바윗덩어리가 된 것처럼 그 자리에 붙박이가 되는 꽃순이를 나와 용이는 따를 수밖에 없었다. 그렇게 우리는 또 낯선 마을에 도착했다. 때마침 한참 굿판이 벌어진 집이 있었다. 그냥 지나치려 했으나 꽃순이가 움직이지 않았다.

'저기란 거냐.'

나는 질끈 입술을 깨물었다.

대문이 활짝 열린 고래 등 같은 기와집 안마당에서 흰 저고리와 홍치마 위에 남색 쾌자를 입고 연두색 가슴 띠를 두른 후덕한 인상의 나이 많은 무당이 장단에 맞춰 춤을 추고 있었다. 그 주위를 둘러싼 사람들은 연신 허리를 숙여 가며 무당의 춤사위에 따라 울기도 하고 소리를 지르기도 했다. 마당이 시끌시끌한 것이, 소리만 들으면 잔칫집이었다. 실제로 정면 대청마루에는 음식이 상다리가 부러지도록 차려져 있고 활짝 열린 대문 밖에는 거지들도 연신 얼쩡거리고 있는 것이 영락없는 잔칫집이라 우리도 별 제지 없이 들 수 있었다.

어느덧 완전히 해가 지고 어둠이 깔리기 시작했다. 마당 곳곳에 횃불이 하나둘 모습을 드러내자 사방이 을씨년스러웠다. 일렁이는 횃불은 사방에 짙은 그림자를 흩뿌렸고 그림자가 드리워진 무당은 귀신 같았다.

한참 땀 흘리며 춤추던 무당이 서서히 움직임을 멈추더니 흐느꼈다. 뒤이어 길디긴 찬관음을 한참이나 읊어 제끼다가 버럭 소리쳤다.

"잘 가시오, 박가 처화! 잘 가시오!"

주위에 기립한 사람들은 손바닥을 비벼가며 무당의 외침을 따라 했다. 무당은 신명이 나서 점점 더 큰 춤사위를 펼쳤다. 그에 따라 여기저기 엽전이 떨어졌다.

무당이 또 한 번 외쳤다.

"잘 가시오, 박가 처화! 잘 가시오!"

바로 그 순간이었다. 제사상이 차려져 있던 대청마루 좌우의 장지문이 요란한 소리를 내며 부서질 듯 열렸다. 굿판은 순식간에 멈추고 모두가 비명을 내지르며 도망쳤

끗 바라본 뒤 나도 그대로 벌렁 드러누웠다. 간밤을 꼴딱 세운 탓인지 다행히 눕자마자 잠들 수 있었다.

'살려두지 않을 것이다. 다 죽여 버릴 것이야! 나를 죽게 한 모든 이를 다 죽여 없앨 것이야!'

"으악!"

나는 비명을 내지르며 잠에서 깨어났다. 어느덧 햇빛은 내가 누워 있는 이부자리까지 뻗어 들어오고 있었다. 용이는 어디에 갔는지 보이지 않았고 꽃순이는 오도카니 앉아 있었다.

나는 가슴팍이 따끔한 것을 느끼고 얼른 옷을 풀어헤쳐 봤다. 등줄기가 오싹했다. 손톱자국처럼 보이는 생채기가 가득했다. 틀림없이 꿈속의 처녀 귀신이 할퀸 자리였다.

"일어나셨습니까?"

머슴의 목소리가 조심스레 방 안의 동태를 살피는 듯했다. 비명을 듣고도 냅다 뛰쳐 들어오기보다는 상황을 살피는 것을 보면 이런 일이 한두 번이 아닌 게 분명했다.

"일어났습니다."

"마루에 세숫물이 있으니 나와서 씻으시지요."

"고맙습니다."

나는 땀으로 흥건해진 이마를 훔치고 풀어헤쳤던 옷고름을 다시 정돈하며 방문을 열었다. 어느새 남자는 물러가고 김이 모락모락 올라오는 더운 세숫물과 마른 수건 하나가 마루에 얌전히 놓여 있었다.

세수하며 곰곰이 생각해 보았다. 꿈속의 여인이 실제로 몸에 상처를 내다니. 도깨비의 소행이 틀림없었다.

용이가 살그머니 나타났다.

"혹시 치욱이 너도 악몽을 꿨니?"

"설마 너도?"

용이가 고개를 끄덕이며 팔을 내밀었다. 용이의 팔목에는 누군가 세게 움켜쥔 것 같은 멍 자국이 있었다. 저절로 눈살이 찌푸려졌다.

용이가 마루에 걸터앉았다.

"근처에 돌아다니면서 처화라는 낭자에 대해 좀 알아봤어."

"수확은 좀 있었고?"

"어젯밤에 들은 이야기가 전부야."

"하아, 그럼 막막한데."

혼란스러웠다. 지금껏 내가 알던 도깨비와는 전혀 달랐다. 과연 정화할 수 있을지…….

"아, 젠장."

용이가 고개를 갸웃거리며 물었다.

"왜 그래?"

나는 그대로 마루에 털썩 주저앉았다.

"도깨비가 나와도 방법이 없다는 게 생각나서."

"왜?"

"난 도깨비를 정화할 줄 모르잖아."

할 줄 알았다면 꽃순이부터 정화했을 것이다.

"무슨 걱정이야. 꽃순이 있잖아."

나는 할 말을 잃었다. 용이의 입에서 그런 말이 나올 거라고 짐작도 하지 못했다.

"지금 도깨비를 죽이자는 거야?"

"꽃순이는 도깨비를 죽이는 게 아니야."

"그게 무슨 소리야? 꽃순이는 도깨비를 죽이고 그 힘을 취했어. 너도 봤잖아?"

"그렇긴 해."

용이는 아무렇지 않다는 듯 다리를 덜렁거리며 하늘을 올려다보았다. 새파란 하늘에 구름 한 점 없었다.

"너, 힘을 빼앗기면서 심성도 바뀐 거냐?"

결국 나는 궁금했던 것을 물어볼 수밖에 없었다. 용이는 어이없다는 듯 피식 웃었다.

"그런 거 아냐. 단지 나는 사실을 말한 것뿐이야."

"무슨 사실?"

"꽃순이는 도깨비를 죽이는 게 아니야."

"어째서?"

용이가 뭔가 고민하기 시작했다. 내가 무척이나 어려운 걸 물어보았다는 것처럼. 그리고 한참이나 있다가 겨우 한다는 말이 가관이었다.

"내 입장에선 너무 당연한 거라 설명하기가 좀 뭐 하네."

"뭐?"

"눈을 깜빡이는 방법, 숨을 쉬는 방법. 이런 건 설명할 수가 없잖아. 그거랑 비슷한 거야."

이해할 수 없었다. 꽃순이의 행동이 그만큼 당연한 거였다니.

"그럼 너는 도깨비가 나타나면 꽃순이에게 맡길 생각이었던 거야?"

"응."

"야, 너 지금 그걸 말이라고 해?"

"진정하고. 죽이는 게 아니라니까?"

앵무새처럼 반복하는 용이를 보며 입술을 깨물었다.

"됐다. 너한테 내가 뭘 바라겠냐."

나는 홱 등을 돌렸다.

이렇다 할 방도를 찾아내지 못한 채로 나는 어영부영 주인에게서 벼루를 넘겨받았다. 그 벼루를 들고 나는 내 방에서 하염없이 고민했다. 다행히 꽃순이는 달리 재촉 하거나 하지는 않았다.

한참을 고민하다가 그만 꾸벅 졸았던 것 같다. 다급히 깨우는 손길에 눈을 뜨는 찰나, 소복 입은 젊은 여자가 문 틈으로 안개처럼 자취를 감추는 것을 보았다. 간발의 차 이로 일어선 꽃순이가 문을 벌컥 열었다. 퍼뜩 정신을 차 린 나는 꽃순이가 또 죄를 짓게 내버려 둘 수 없어 다급히 앞서 달려갔다.

새하얀 소복을 입은 소녀가 마당을 가로질러 안채로 향했다. 안채의 건넛방에는 분명 청년이 있었다. 내가 뒤 에서 쫓고 있음에도 소녀는 개의치 않고 그대로 청년이 있는 방 안으로 사라졌다.

"으악! 살려 줘!"

방에서 처절한 비명이 울려 퍼졌다.

"당장 멈추지 못할까!"

나는 버럭 소리를 지르며 마루로 뛰어 올라가 방문을 열었다. 소녀는 피눈물을 흘리며 청년의 목덜미를 쥐고 공중에 둥실 떠 있었다. 청년은 목이 졸린 채로 허공에서 허우적거리는 것 외에는 할 수 있는 게 없었다.

"당장 그만두지 못하겠느냐!"

내 말이 끝남과 동시에 피눈물로 가득 찬 도깨비의 눈동자가 번뜩였다. 엄청난 살기를 느낀 나는 잽싸게 마당으로 몸을 날렸다. 내가 마당에 착지하는 것과 거의 동시에 도깨비가 있는 방의 모든 문과 마루 건너 안방 문이 와장창 요란한 소리를 내며 부서졌다. 그 바람에 잠에서 깬 노부부는 겁에 질린 채 서로 부둥켜안았다.

심장을 빼앗는 것 외에 다른 방법이 떠오르지 않아 잠시 머뭇거리는데, 꽃순이가 성큼성큼 신도 벗지 않고 마루에 올랐다. 저 멀리 눈이 마주친 용이가 단호한 표정으로 고개를 끄덕였다. 꽃순이가 살인하게 내버려 두라는 의미 같아서 화가 났다.

나는 꽃순이가 죄를 짓는 것을 가만히 지켜볼 수 없었

다. 차라리 내가 하는 게 나았다.

나를 만류하는 용이의 외침을 뒤로하고 채찍을 꺼내 휘둘렀다. 바람을 가르는 날렵한 소리를 퍼뜨리며 채찍이 도깨비를 향해 날아들었다. 도깨비는 겁을 먹은 듯 청년을 놓더니 도망치려 했다. 하지만 내 채찍이 좀 더 빨랐다. 인정사정없는 내 채찍은 그대로 도깨비를 휘감았다. 나는 있는 힘껏 채찍을 끌어당겼다. 묵직한 느낌이 채찍 끝으로 전해지면서 도깨비가 내 앞에 쿵 떨어졌다. 허공에 붕 떠올라 끌려오는 도깨비를 꽃순이가 눈으로 좇았다.

도깨비는 오만상을 찌푸리며 나를 노려보았다. 핏빛 눈동자에서 붉은 안광이 뿜어지는 것이 또 공격하려는 모양이었다. 도깨비가 전날의 그 기이한 수법으로 공격하기 전에 나는 서둘러 문양을 그렸다.

이제 이 주문이 의미하는 바를 너무나 잘 알아서 고통스러웠지만 그래도 이를 악물었다. 도깨비가 고통스러운 표정을 지었다. 그 표정을 목격한 순간 심장이 아려 왔다. 그래도 멈출 수 없었다. 미안하지만 나로서는 이 방법밖에 없었다. 문양이 빛을 내자 나는 호리병 뚜껑에 손을 댔다.

"멈춰 주시오!"

얼핏 인간으로 착각할 뻔한 목소리가 내가 머물던 방

쪽에서 들리는가 싶더니 허공에서 한 사내가 홀연히 모습을 드러냈다. 벼루 장인의 도깨비였다. 나는 대번에 화장연을 떠올렸다.

딸 생각을 하면서 만든 화장연이라 했다. 무슨 생각을 했는지 모든 것을 다 알 수는 없지만 아마 벼루 장인은 이 집에서 벌어지는 일에 대해 이미 알고 있었을 것이다. 그런 그가 염원한 것은 무엇이었을까.

"처화야, 그러지 말려무나. 너는 착한 아이가 아니더냐."

화장연 도깨비가 사람처럼 내 앞의 소녀 도깨비를 불렀다. 나는 숨을 멈췄다.

도깨비의 능력에 과연 한계가 있는지 의문스러울 때가 있었다. 인간이 염원한다면 무엇이든 실현하려 하지 않던가. 만약 저 화장연 도깨비가 그러하다면? 나는 나도 알지 못하는 가능성이 있을까 하여 기대에 부풀었다.

내 주문이 멈춘 사이 소녀 도깨비가 다시금 내게 살기를 내뿜었다. 나는 채찍을 풀고 휘릭 몸을 날려 피했으나 소녀 도깨비 역시 만만치 않았다. 갑자기 사라지는가 싶더니 순식간에 코 닿을 듯 가까운 거리에서 갑자기 나타나 크게 울부짖었다. 나는 짐승과도 같은 그 소리에 그만 채찍을 놓치고 두 귀를 막을 수밖에 없었다. 그 바람에 호리병이 저만치 굴러가고 말았다. 크게 울부짖은 소녀 도깨비가 번뜩이는 손톱을 세워 내게 휘둘렀다. 나는 가까스로 피했으나 작은 생채기가 생기는 것을 면할 수 없었다.

"처화야!"

화장연 도깨비가 처절하게 외치더니 모습을 감췄다. 그리고 돌연 나타나 소녀 도깨비를 끌어안았다.

"죽어 가면서도 이 집안의 안녕을 걱정한 네가 어찌 이런 짓을 하느냐?"

소녀 도깨비가 그런 말에 귀를 기울일 리가 없었다. 몸부림치며 여전히 나를 향해 손톱을 휘둘렀지만 화장연 도깨비 품에 안긴 채로 꼼짝도 하지 못했다.

"난 그저 너를 다시 보길 소망했을 뿐이다. 그러니 이러지 마라."

화장연 도깨비는 울고 있었다. 그 눈물이 은은하게 빛을 뿜어냈다. 또르르 굴러떨어진 눈물이 소녀 도깨비의 어깨에 떨어지자 놀라운 일이 벌어졌다. 눈물로부터 비롯된 빛이 소녀의 전신으로 퍼져 나갔다. 그러자 소녀의 붉은 피눈물이 전부 사라지고 풀어헤친 산발이 다소곳한 댕기 머리로 바뀌고 새하얀 소복도 무명 치마저고리로 바뀌었다.

소녀 도깨비의 눈에서도 또르르 눈물이 흘렀다.

"고맙습니다."

"아니다, 다 내 죄인 것을."

소녀 도깨비가 환히 웃었다. 그리고 고개를 꾸벅 숙여 인사를 했다. 엉겁결에 마주 인사한 나는 나도 모르게 중얼거렸다.

"이런 식으로 끝날 줄은 몰랐는데."

그러지 말아야 했다. 그 말은 곧 부정을 불러왔다.

소녀 도깨비가 인사를 마치고 다시금 허리를 세우는 짧은 순간 두 도깨비가 홀연히 자취를 감추었다. 파란 구슬 두 개가 날렵하게 지붕 위로 날아갔다. 익숙한 느낌. 또 다른 도깨비 사냥꾼이 틀림없었다.

"누구냐!"

비록 정화는 하지 못했지만 모두가 행복한 결말을 맞을 수 있었다. 나는 분노하며 지붕으로 뛰어올랐다. 용이가 무어라 크게 외쳤지만 알아들을 수 없었다. 지붕 위의 검은 그림자는 그대로 몸을 날려 지붕을 타고 도망쳤다.

"거기 서!"

나는 기필코 그를 사로잡아 그가 하는 일이 잘못된 일

이라는 것을 일깨워 주고자 했다. 혹시 나처럼 사부에게 속아 심장을 모으는 불쌍한 인생일지도 모를 일이었다.

그는 무척 날랬다. 잡힐 듯 말 듯 거리가 가까워지는가 싶으면 저만치 멀어졌고 또 멀어지는가 싶으면 또 이만큼 가까워졌다. 그렇게 그와 나는 지붕과 지붕을 넘나들며 어느덧 마을 외곽까지 뛰어나오게 되었다.

마지막 집의 지붕을 밟고 뒤를 슬쩍 바라본 그가 땅으로 꺼지듯 훅 사라졌다. 언뜻 스친 달빛에 패랭이를 보았다. 뭔가 불길했다. 그러나 나는 그를 놓칠세라 지붕에서 뛰어내렸다. 그리고 여지없이 현실이 된 불길함에 굳어 버렸다.

"오랜만이구나."

아버지였다.

"오랜만에 본 아비에게 인사조차 하지 않는 것이냐?"

초가집 그늘 아래 체격이 건장해진 아버지가 모습을 나타냈다. 분명 반가워야 하건만 아버지의 허리춤에 매달린 호리병을 본 나는 그럴 수 없었다.

"아버지가 어째서 도깨비를……."

"그분의 부탁이니라."

"그분이라니요?"

"네가 사부라 부르는 그분 말이다."

다리가 후들거려 주저앉을 뻔한 것을 가까스로 버텨냈다. 이제는 내 아버지마저 사부님께 속아 도깨비를 사냥하고 있었다.

"아버지가 하는 일이 살인인 것은 알고 계세요?"

"물론이다."

할 말이 없었다. 늘 베풀고 선하게 살아가라 나를 가르친 것은 다름 아닌 아버지였다. 그런데 그런 아버지가 살인을 저지르다니.

"사부님께서 무어라 하였는지는 모르나 필시 아버지를 속이는 것입니다."

"그분은 내게 아무것도 속인 것이 없느니라."

"속인 것이 아니라면 어찌 아버지가 살인을 저지르고 다닐 수 있단 말입니까?"

아버지가 빙그레 웃었다. 평소처럼 장난기 가득한 웃음도 아니었고 인자한 미소도 아니었다. 난생처음 보는 낯선 미소. 이윽고 아버지가 입을 열었다.

"어머니를 보고 싶지 않으냐?"

"무슨 소리를…… 하시는 거예요?"

나는 침을 삼켰다.

"도깨비의 심장을 모으면 어머니를 다시 볼 수 있단다."

"그게, 그게 말이 된다고 생각하세요? 어머니는 돌아가셨다고요!"

"신에게 불가능이란 존재하지 않아."

"도깨비도 신이 만들었어요. 어떻게 그걸로 신이 될 수 있다는 거예요?"

"인간의 염원 덩어리에 불과한 도깨비의 한계를 궁금해한 적은 없느냐?"

"무슨 소리를 하시는 건지 모르겠어요."

"인간의 소망에 한계가 있다고 생각하느냐?"

"도깨비는 신이 만든 거예요."

"지금까진 그랬겠지. 하지만 앞으론 아니야. 네 사부는 염원하지 않고도 도깨비를 만드는 방법을 알아냈거든."

그 순간 도깨비의 특성에 들어맞지 않던 도깨비가 떠올랐다.

"설마 가짜 도깨비를 만든 거예요?"

"그래, 가짜 도깨비. 그 벼루 도깨비는 내가 만든 거야. 또 다른 도깨비한테 그런 식으로 지배당할 줄은 몰랐지만."

"하지만 아버지의 모습을 하지 않았는데……."

"말했잖냐, 가짜 도깨비라고. 강력한 염원 이외의 감정을 먹이로 삼아 만들어 낸. 아까 그 도깨비의 경우엔 음……. 그 집 대감의 불안함이 씨앗이었달까? 처화가 언젠가 귀신이 되어 나타날 거라고 믿고 있었거든."

진짜 도깨비를 취하는 것으로 모자라 스스로 도깨비를 만들어 취한다는 건가.

혼란에 빠진 내게 아버지가 손을 내밀었다.

"우리와 함께하자, 치욱아."

우리. 아버지가 말하는 우리란 과연 무엇일지 말하나 마나였다. 나는 불끈 주먹을 움켜쥐었다.

"어머니께서는…… 이런 걸 바라지 않으실 거예요."

"다시 만나서 물어보면 그만이다."

"예?"

"그때 원하지 않았다고 한다면 다시 되돌리면 그만이지."

나는 대꾸할 수 없었다. 아버지는 지금 어머니를 다시 죽일 수도 있다는 말을 하고 있었다. 내가 혹시 꿈을 꾸고 있는 건 아닌가 의심이 들었다.

아버지도 나도 아무 말을 하지 않았다. 서로 바라보는 눈빛에서 불꽃이 튀었다. 꺾이지 않는 내 마음을 알아챈 아버지가 한숨을 쉬었다.

"기어코 이 아비와 맞설 셈이구나."

"제가 맞서고자 하는 것은 아버지가 아닙니다."

"그분과 내가 걷는 길이 같으니 그분께 대적하는 것이 곧 내게 대적하는 것임을 아직도 모르겠느냐?"

"아버지께선 속고 계시는 겁니다."

"어째서 내가 속고 있다고 생각하는 것이냐?"

"그렇지 않고서야 어찌 선했던 아버지가 아무렇지 않게 도깨비를 해치고 다닐 수 있단 말입니까?"

"이 세상이 네 어미를 죽였는데 도깨비 한둘 따위 무슨 대수라고."

갑자기 눈보라가 몰아치는 허허벌판에 버려진 것 같은 기분이 들었다. 내가 아는 아버지는 어디에 있을까. 살인자 부자. 하, 이토록 어이없는 상황이라니.

그때 탁탁탁 가벼운 발소리가 들렸다. 다급하게 뛰어오는 소리에 이어 치욱아, 크게 부르는 목소리도 들렸다. 용이였다.

"아무래도 오늘은 어렵겠구나. 다음에 또 보자꾸나."

내게 온갖 이상한 말을 뱉어 놓고 옛 친구 용이를 보기는 껄끄러웠는지 아버지는 날렵한 몸놀림으로 자취를 감췄다. 이 역시 예전의 아버지였다면 어림도 없을 행동이었다. 장작 하나 팰 줄 모르는 유약한 동네 의원. 그것이 바로 내 아버지였다. 나처럼 훈련을 받은 것이리라. 사부님의 지독한 기만 속에서.

"치욱아?"

어느새 다가온 용이가 심상치 않은 내 기색에 눈치를 보았다. 평소였다면 살가운 말이라도 한마디 건넸으련만 그럴 수 없었다. 나는 석상처럼 아버지가 사라진 곳만 뚫어져라 바라보았다.

산
신

목적도 없고 목적지도 없이 발길 닿는 대로 떠돌아다
녔다. 어느 순간 정신을 차려 보니 용이와 꽃순이가 보이
지 않았다. 어린아이 걸음으로 무예까지 익힌 내 걸음을
따르기 버거웠던 것이리라.

분명 걱정돼야 하건만 이내 치미는 아버지에 대한 분
노만으로도 머리가 터질 지경이라 아이들에 대한 걱정은
뒤로 밀려났고 나는 계속해서 정처 없이 발길 닿는 대로
돌아다녔다. 배가 고프면 아무 데나 가서 구걸하고 밤이
되면 그냥 그 자리에 그대로 드러누워 잠을 잤다. 그렇게
며칠이나 지났을까.

"이보오."

이제 더는 헤맬 힘도 없어 나무에 기대어 멍하니 앉아

있는데 누군가 말을 걸었다. 당연히 대꾸하지 않았다.

"허 참, 이 양반 이러다 큰일 나겠네. 이보오!"

그자가 내 어깨를 흔들었다. 그 바람에 얼핏 패랭이가 눈에 들어왔다. 순간 정신이 들었다.

"이보오. 무슨 일인지 모르겠는데 이러다 죽겠소. 일어나 보시오."

용이가, 그러니까 힘을 빼앗기기 전의 용이가 아닌 것을 확인하자 확 짜증이 밀려왔다.

"내버려 두시오!"

나는 거칠게 소리치며 잡힌 팔을 홱 빼냈다. 그 바람에 반쯤 일으켜졌던 나는 다시 털썩 엉덩방아를 찧었다.

패랭이를 쓴 보부상은 끈질겼다.

"나도 그쪽 같던 때가 있어서 잘 아오. 그래서 하는 말인데 산신님을 한번 만나 보시구려. 저기 저 산에……."

낄낄대는 내 웃음에 보부상의 말이 끊어졌다.

"이보오. 세상에 산신 따위가 어딨소? 도깨비라면 모를까."

보부상의 입장에서는 내 말이 더 어이가 없었던 듯 잠시 두 눈만 끔뻑대던 그가 다시 말을 이었다.

"도깨비는 모르겠고 산신님은 진짜 있소. 내가 직접 만나 봤다니까?"

나는 콧방귀를 뀌었다. 그러나 마음 착한 보부상은 포기하지 않았다. 아마도 거지꼴로 정신을 놓아 가는 내가 정말로 안쓰러웠던 모양이다.

"무슨 사정인지는 모르겠으나 며칠 전부터 계속 이 주변을 뱅뱅 돌고 있던데 산신님을 못 믿겠다면 차라리 공기 좋은 산속에서 마음 수양이라도 하는 셈 치고 올라가 봐도 괜찮지 않겠소? 저기 산세가 정말 끝내주거든. 꼭 하늘 세상 같다니까?"

도대체 이 보부상이 만났다는 산신이 뭐기에, 그 산신을 만나 무슨 고민을 어떻게 해결했기에 이렇게까지 하는 걸까.

"예서 이러지 말고 그냥 내 말대로……."

귀찮아 죽을 것 같았다. 나는 벌떡 일어나 옷을 털었다.

"아, 가면 될 거 아니오!"

버럭 소리를 내지른 나는 그가 가리킨 산으로 비척비척 걸어갔다.

산신이 사는 산이 하늘 세상 같다던 장사치의 말은 사실이었다. 바닥에 도톰하게 깔린 푸른 이끼는 마치 융단 같았다. 빼곡하게 들어찬 나무는 하나하나가 수백 년은

묵었을 것처럼 보였고 나무가 어찌나 빼곡한지 햇빛 한 점 들지 않건만 의아하게도 사방이 환하게 빛이 났다. 생전 처음 보는 온갖 꽃이 나무 아래 가득했는데 그 향내만 맡아도 온몸의 병이 날아갈 것처럼 상쾌했다. 무엇보다도 가장 놀라운 것은 어느새 육식동물과 초식동물이 함께 어우러져 마치 사람처럼 나를 둘러싸고 따르는 것이었다. 호랑이와 토끼가 함께 걷는 모습을 보는 것은 참 기분이 이상했는데 신기하게도 나조차 호랑이를 보고 전혀 무서움을 느끼지 못했다.

어디 그뿐이랴. 흐리멍덩했던 정신이 저절로 되살아나고 휘청거리던 내 발걸음은 원래의 기운찬 발걸음으로 바뀌어 있었다. 괜히 이유 없이 희망이 샘솟았다. 믿을 수 없는 일이었다.

힘든 기색 하나 없이 한참을 걷다 저 멀리 한 노파가 쭈그려 앉아 있는 것을 발견했다. 나는 내 짐작이 옳다는 것을 알았다. 노파는 도깨비였다. 다만 지금껏 보아 온 도깨비와는 뭔가 확실히 달랐다. 눈앞의 노파는 정화 전인지 후인지 구분할 수 없었다.

"아무리 불러도 오질 않더니, 얼굴 한번 보기 어렵구먼."

혼잣말 같은 말을 하더니 노파가 나를 보았다.

"어째서 혼자 왔누?"

나는 아무런 대답도 할 수 없었다. 질문의 의도를 이해할 수 없었던 탓이다.

"꼬맹이 둘은 어디다 버리고 혼자 왔느냔 말이다."

드디어 노파가 자리에서 일어나 나를 바라보았다. 허리가 어찌나 구부정한지 용이나 꽃순이와도 키 차이가 별로 없어 보이는 노파였다. 다 말라비틀어진 송장처럼 시커멓게 말라 주름진 피부에 새하얗다 못해 푸석거리는 백발은 어찌 쪽을 찐 것인지 신기할 지경이었다. 마디가 툭툭 불거진 손가락까지 더해져 부분 부분만 보자면 죽을 날을 받아 놓은 노인이 분명했건만 두 눈빛만큼은 갓 태어난 아이만큼 맑고 깨끗한 것이 신기했다.

내가 대답하지 않으니 노파가 또 혼자 떠들었다.

"아, 둘 다 꼬맹이가 아니라서 대답을 안 하는 겐가? 그럼 노인네 둘이라고 해야 하나?"

노파는 뭐가 우스운지 낄낄거리며 웃었다. 나는 여전히 놀라움에서 빠져나오지 못하고 있었다.

"됐어, 따라오기나 해. 노인네들도 곧 오겠구먼, 뭐."

노파가 앞장섰다. 새하얀 꽃으로 뒤덮인 공터를 가로

지른 노파는 반대편 숲속으로 미끄러지듯 사라져 버렸다. 나는 어, 하며 헐레벌떡 달려갔다. 노파는 거친 산세 따위는 아랑곳하지 않았다. 그에 반해 나는 노파를 따라잡기 위해 헉헉대며 온 힘을 다해 뛰어야 했다.

드디어 새파란 하늘이 나타났다. 빼곡한 나무에 가려 한 조각도 보이지 않던 하늘이 갑자기 뻥 뚫린 것처럼 눈앞에 펼쳐졌다. 사방 천지 구름이 깔려 땅이라고는 찾아볼 수 없었다. 구름으로 이뤄진 바다 위에 홀로 떠 있는 거대한 배에 탄 것처럼 사방은 온통 구름뿐이었다.

"뭐 해? 들어와!"

산꼭대기 좁은 공터에 초라하기 짝이 없는 움막 한 채가 있었다. 땅바닥을 깊이 파서 기다란 나뭇가지를 서로 기대어 세워 놓고 나뭇잎을 얹은, 바람 한번 불면 그대로 다 날아가 버릴 것 같은 그런 움막이었다.

입구를 가린 거적을 들추고 노파가 그 안으로 사라졌다. 하도 작은 움막이라 내가 들어갈 공간이나 있을까 싶어 망설였지만 결국 뒤를 따랐다. 역시나 움막은 어찌나 작은지 내가 들어가자 꽉 차 버렸다. 노파와 나 사이에 작은 모닥불이 있었는데 자칫 발이라도 잘못 움직였다가는 그 모닥불 속에 발을 집어넣을 것만 같았다.

노파가 말을 꺼내기 전에 내가 먼저 물었다.

"어르신은 도깨비입니까?"

노파는 빙그레 웃더니 고개를 끄덕였다.

"맞아, 도깨비야."

"누가 만들었습니까?"

"네 아버지는 아니야."

진짜 산신처럼 노파는 내 사정을 다 아는 듯 보였다. 노파가 모닥불을 들쑤시자 불티가 튀어 올라 얼른 몸을 뒤로 뺐다.

"어떤 도깨비십니까? 정화되신 겁니까?"

"아니, 나는 정화된 적 없어. 날 때부터 이 상태 그대로야."

"어떤 소망으로 태어나신 겁니까?"

노파가 낄낄 웃었다. 눈빛을 보아하니 옛 생각에 빠진 모양이었다.

"철없는 노인네가 하나 있었어. 어찌나 철이 없는지 어릴 때부터 옛날이야기를 그렇게 좋아했더랬지. 그래서 나를 만들었어. 죽기 전에 구미호를 보는 게 소원이었거든."

귀를 의심했다. 내가 아는 그 구미호가 맞는지 의심스러웠다.

노파가 낄낄거렸다.

"맞아. 꼬리 아홉 달린 여우. 남자 꾀어 간 빼 먹는 그 요물."

나는 움찔 놀랐다. 내 생각을 간파당한 탓이었다.

"뭐, 그 노파는 소원 풀었지. 나를 보고 갔으니까."

구미호를 보는 게 소원이었던 노파 그리고 드디어 이룬 소망이라.

"소망을 이뤘기에 어르신께 주어진 굴레가 저절로 사라진 겁니까?"

"그건 아냐. 만약 그런 식으로 되었다면 내 존재 자체가 소멸해야 맞지 않겠나?"

"그럼…….."

노파가 또 낄낄거렸다.

"사람들은 나를 보고 산신이네 뭐네 하는 모양이지만 나는 여전히 도깨비이며 구미호라고밖에 해 줄 말이 없구먼. 그 노파는 정말 간절했거든."

실재하지 않는 구미호를 간절한 소망 하나만으로 만들어 냈다는 게 가능한가 싶었다. 그렇다면 정말로 어머니를 되살릴 수 있는지 궁금했다. 나는 조심스럽게 실낱같은 희망을 확인해 보고자 했다.

"하면 진짜 구미호신 겁니까?"

노파는 대답하지 않았다. 그저 묵묵히 한참이나 모닥불을 들쑤시기만 했다. 자꾸만 휘날리는 불티에 이러다 움막이 타 버리면 어쩌나 싶었다.

"한때는 나도 내가 진짜 구미호라고 생각했지. 도깨비? 그런 건 알지도 못했어."

노파는 스스로도 구미호라고 생각하며 살았다. 남정네를 유혹하고 신비한 힘으로 장난질도 쳤다. 호기심에 간도 빼다 먹어 보았는데 어찌나 맛이 없던지 그날 이후로 생간은 쳐다도 보지 않았다. 그렇게 살다 백 년이 지나자 어느 날 뜬금없이 꼬리가 하나 툭 튀어나왔다.

사람들 모두가 말했다. 천 년이 지나 꼬리 열 개가 되는 날, 용이 여의주를 물고 하늘로 오르듯 구미호도 하늘에 올라 신이 된다고. 인간이라면 누구나 다 아는 이야기였고 노파 역시 오랜 세월 인간 틈에 끼어 살았기에 잘 알고 있었다.

아무리 생각해도 신이 된다는 건 멋져 보였다. 그래서 노파는 승천을 목표로 삼았다. 살생도 금하고 장난도 삼가고 명산대천을 두루 돌아다니며 도를 닦는 데 힘썼다. 그러나 꼬리가 여섯 개가 되던 날 노인은 모든 수련을 때

려치웠다.

"어째서 그러셨습니까?"

"승천이라는 게 하늘의 신이 되는 게 아니라는 걸 알았거든."

"그럼 무엇입니까?"

"정확히는 자연과 하나가 되는 거랄까?"

"그게 무슨 의미입니까?"

"그러니까 죽어서 흙이 되는 것처럼 영혼이 흙으로 돌아가는 거란 의미지. 실상은 죽음이랑 별반 차이가 없더라고. 겨우 여섯 개의 꼬리를 가진 내게 그 사실이 얼마나 공포스럽던지."

여섯 개의 꼬리를 가진 구미호조차 두려워하는 죽음이 승천이라니 믿을 수 없었다.

"한데 말일세. 우연히 어느 스님을 통해서 깨달았지. 덕분에 나는 다시 수련에 정진했고 드디어 꼬리 아홉 개를 완성했다네."

"깨달으셨다는 게 무엇이었습니까?"

"죽음을 무엇이라 생각하는가?"

잠시 생각한 나는 대답했다.

"영원한 이별입니다."

어머니를 생각했다. 돌쇠를 생각했다. 먹쇠와 개똥이, 맷골 사람들을 두루두루 떠올려 보았다. 비록 어머니를 제외하면 모두가 도깨비였지만 그들은 세상에서 사라졌고, 그래서 나는 그들과 영영 이별해야 했다.

이번에도 노파는 내 생각을 꿰뚫었다.

"네 고향 도깨비들은 엄밀히 따지자면 죽은 게 아니야. 소멸한 거지."

"소멸이요?"

"도깨비는 세상이 생명을 얻어 실체화한 거야. 다시 세상이 되고 싶지만 그럴 수 없는. 근데 네 사부는 말 그대로 영원히 도깨비들을 이 세상에서 소멸시킨 거야. 미약하지만 그들이 품고 있는 세상의 힘을 얻기 위해서."

"그게…… 죽음 아닙니까?"

"죽음은 소멸과 달라. 죽는다는 건 세상으로 되돌아가는 것뿐이야. 승천은 육신이 썩어 없어지는 단계를 생략할 뿐이고. 죽음이나 승천이나 태초의 존재로 되돌아간단 의미에서는 같아. 하지만 소멸은 다르지. 그냥 없어지는 거야. 존재 자체가 그대로 영원히. 그게 네가 생각하는 죽음, 맞지?"

차마 묻고 싶은 말을 꺼낼 수 없었다. 내가 제대로 이해한 게 맞다면 어머니는 돌아간 거다. 그렇다면…….

어르신은 신기하리만치 정확하게 내 속마음을 알아차렸다.

"그렇게 불러온 네 어미는 네 어미의 특성을 모두 가졌겠지만 진짜 어미는 아니야. 내가 진짜 구미호가 아닌 것처럼."

진짜 어미가 아니라는 말이 가슴에 꽉 와서 박혔다. 그럼 그렇지. 찔끔 눈물이 날 것 같았지만 꾹 참았다. 이제 이 사실을 아버지에게 알려 주어야 하는데.

"그거 말고도 알고 싶은 게 많지 않았어? 예를 들자면 꽃순이 같은 거."

이제는 도저히 놀라움을 감출 길이 없었다. 어떻게 내 속을 들여다보는 걸까. 낄낄 웃은 어르신은 계속해서 모닥불을 들쑤시며 말을 이었다.

"꽃순인가 하는 도깨비가 하는 것은 승천이야. 잘 생각해 봐. 틀림없이 도깨비를 소멸시켰을 때와 다른 점이 있었을걸?"

가만히 생각해 보았다. 그러고 보니 댕기 도깨비는 틀림없이 웃고 있었다. 그땐 그저 친구를 만나서 기뻐하는 거라고 여겼건만. 그리고 댕기는 도깨비가 사라진 후에도 멀쩡했다. 연하게 그려진 금박 무늬마저 선명하게 빛나고 있었다. 내가 죽여 없애 버리는 바람에 부서졌던 곰방대. 하지만 그 무늬 하나하나가 햇살을 받아 반짝이던 댕기. 그럼 꽃순이는 도깨비를 소멸시켜 온 게 아닌 건가?

불쑥 튀어나온 의심 하나가 싹트는 희망을 가로막았다.

"하지만 도깨비가 죽고 나면 꽃순이가 가진 도깨비의 기운이 짙어졌습니다."

"그건 도깨비들이 보답한 거야. 꽃순이는 지금 뭔가를 하려 하고 그래서 힘이 필요한 상태야. 도깨비들은 그런 꽃순이의 마음을 잘 알기 때문에 보답으로 힘을 보태 준 거지. 꽃순이가 일을 끝내고 나면 도깨비들이 빌려준 모든 힘은 다시금 원래대로 돌아가 꽃을 피우고 싹을 틔우고 물을 흐르게 할 거야."

그랬던 거구나. 그래서 용이가 그랬던 거구나.

"어리석은 녀석, 왜 그런 걸 내게 설명해 주지 않고……."

"네 녀석이 어디 좀 멍청하더냐? 이해할 수 없을 거라 여겼겠지."

정말로 나는 멍청이였던 거다. 차분하게 설명해 달라고 요구했어야 했는데. 갑자기 용이에게 미안해졌다. 눈물이 찔끔 나는 바람에 냉큼 닦아 낸 나는 무릎을 꿇고 깊이 허리를 숙였다.

"고맙습니다. 덕분에 깨우쳤습니다."

"고마운 건 됐고 이제 그만 나가 봐. 두 노인네가 와 있으니."

이제야 노파가 말한 두 노인네가 누군지 알 것 같았다.

"엇차."

노파가 힘겹게 일어났다.

"배웅해 주지 않으셔도 됩니다."

"뭔가 착각하는 것 같은데 나도 꽃순이에게 볼일이 있어서 그러는 거야."

"꽃순이에게요?"

"나도 꽃순이에게 보탬이 되어 볼까 해서. 이러다 세상이 소멸할 판인데 내버려 둘 수는 없잖아?"

"어…… 승천하시겠다는 겁니까?"

"그래, 이놈아. 아주 지긋지긋한 천이백 년이었거든."

"꼬리 아홉 개 되면 승천하시는 거 아니었습니까? 굳이 꽃순이를……."

"예끼, 이놈아! 뭘 들은 게야? 말했잖아, 난 진짜 구미호가 아니라고."

그러더니 노파는 혀를 쯧쯧 차고는 거적을 들추고 밖

212

으로 나가 버렸다. 그 뒤를 따라 움막 밖으로 나와 보니 용이와 꽃순이가 기다리고 있었다. 어느덧 내리기 시작한 싸락눈을 맞으며 두 볼을 빨갛게 물들인 용이를 마주 대하자 잊고 있던 미안함이 샘솟았다.

"미안해. 아직 어린 몸이라 힘들었을 텐데."

"괜찮아."

나는 마음을 다해 용이에게 사과했다. 용이는 뭐 그런 걸로 사과하냐는 듯 활짝 웃었다. 우리의 감격스러운 재회를 노파가 방해했다.

"잠시 자리를 비켜 주겠는가?"

용이는 고개를 끄덕이더니 내 소매를 잡아끌었다. 나는 노파에게 허리 숙여 인사하고 용이를 따랐다. 우리는 공터를 빠져나와 숲으로 들어갔다. 여기서는 꽃순이와 노파가 보이지 않았다. 보였다 해도 보고 싶지 않았다. 이미 어떤 일이 벌어질지 다 알고 있었다. 나는 그저 속 시원해진 마음으로 용이만을 바라보았다. 우리는 말없이 서로의 심정을 다 이해한 듯 미소만 지었다.

소리 없이 숲에 변화가 찾아왔다.

눈으로 볼 때는 큰 변화가 없었다. 여전히 빼곡한 나무 숲이었고 여전히 바닥에 낮게 깔린 이끼였으며 여전히 만발한 들꽃이었는데 느낌이 달랐다. 상쾌한 느낌이 온데간데없었다. 그것을 증명하듯 우리를 본 토끼와 다람쥐가 잽싸게 몸을 숨기고 도망가느라 정신이 없었다.

"가셨나 보네."

"응."

긴말은 필요 없었다.

바스락거리는 소리가 들렸다. 일을 마친 꽃순이가 다가오는 것이리라. 나는 이제 꽃순이를 완전히 믿기로 작정했기에 환히 웃으며 뒤를 돌아보았다. 한번 꼭 끌어안아 주기라도 할 생각이었다. 하지만 나는 아무것도 하지 못했다. 왜냐하면 내가 본 것은 놀랍도록 꽃순이를 닮은 내 또래의 아리따운 처녀였기 때문이다.

용이가 쿡쿡 웃었다.

"꽃순이 맞아."

"네가 꽃순이라고?"

마치 대답하듯 꽃순이가 생긋 미소 지었다.

도깨비 소동

용이와 꽃순이에 대한 믿음을 회복하고 기세 좋게 길을 떠났다. 갑자기 예쁘게 자라 버린 꽃순이에게 시비 거는 남정네가 많아서 이때까지와 다른 의미로 난감한 경우가 종종 있었지만 쫓아 버리면 그만이었다.

그렇게 도착한 곳인데 이 마을은 필요 이상으로 사람이 많았다. 멀리서 봤을 때 단지 그저 사람이 좀 많다고만 생각했었다. 하지만 가까워질수록 뭔가 이상하다는 것을 느꼈고 마을 입구에 다다르기 무섭게 뭐가 문제인지 알아차렸다.

혼자 다니는 사람이 단 한 명도 없었다. 쌍둥이도 어찌나 많은지 지나가는 사람 대여섯 명꼴로 쌍둥이였다. 자기와 똑같이 생긴 어린아이를 열댓 명씩 끌고 다니는 사람도 있었다. 다들 행복한 얼굴이었지만 나와 용이는 마냥 웃을 수 없었다. 눈에 보이는 주민 중 절반 이상이 도깨비였기 때문이다.

눈앞에 펼쳐진 이 상황을 무어라 표현해야 할지 알 수 없었다. 용이도 어이가 없는 듯 반쯤 입을 벌린 상태로 멍하니 있었다. 때마침 신이 나서 술래잡기하던 꼬마 하나가 꽃순이와 부딪혔다. 그 순간 꼬마는 흔적도 없이 사라졌다. 함께 놀던 아이는 잠시 당황하는가 싶더니 친구가 사라졌다고 엉엉 울면서 어딘가로 뛰어갔다.

아무리 봐도 자연적으로 발생한 도깨비처럼 보이지 않았다. 아버지가 지금까지 만들어 온 모든 도깨비가 그랬던 것처럼 하나같이 어찌나 기운이 미약한지 정말 정신 차리고 살피지 않으면 도깨비인 것을 모를 정도였다.

"아버지가…… 이랬다고?"

침통하기는 용이도 마찬가지인 듯 녀석은 절대 입을 열지 않았다.

우리는 이리저리 돌아다녀 보기로 했다. 이런 상황이 됐다면 어딘가 분명 다른 고을과 다른 점이 있을 것이었다. 우리는 뭘 찾아야 하는지도 모른 채 정말 잘 숨는 친구와 숨바꼭질하는 심정으로 온 동네를 돌아다녔다. 그나마 꽃순이가 얌전한 것이 얼마나 다행인지 몰랐다. 만약 꽃순이가 눈에 띄는 도깨비를 닥치는 대로 소멸시키고 다녔다면 난감했으리라. 저 도깨비들에게서 악의는 찾아볼 수 없었다. 인간임이 분명한 자들과 행복한 미소를 짓고 어울릴 뿐이었다.

문제는 바로 거기서부터 시작되었다. 나는 구미호 도깨비 할머니의 이야기를 새겨들었어야 했다.

진짜 도깨비들과 달리 섭리를 어기고 강제로 끌려 나온 그들은 어느새 하나둘 꽃순이를 의식했다. 그것을 깨달았을 때는 이미 너무 늦어 있었다. 많은 도깨비가 활짝 웃으며 우리를, 아니 더 정확히 말하자면 꽃순이를 에워싸고 점점 다가오고 있었다.

"어어, 이러지 마. 왜 그러는 거야!"

뭐에 홀린 듯 걷기 시작한 도깨비의 옷자락을 붙들고 한 소년이 눈물을 글썽였다. 그가 붙든 도깨비는 그와 쌍둥이처럼 똑 닮은 소년 도깨비였다.

"엄마, 엄마! 왜 그래!"

새된 소리로 비명을 내지르며 도깨비 치맛자락에 매달린 꼬마 여자아이는 이제 겨우 일곱 살쯤 된 것처럼 보였다. 꼬마의 안타까운 외침에도 엄마라 불린 도깨비는 행

복한 미소와 함께 꽃순이를 향해 다가가느라 꼬마를 외면
했다.

"여보!"

"할머니!"

여기저기 도깨비를 붙든 인간들의 아우성에 점점 소란
스러워지기 시작했다. 행복하게 미소 지은 도깨비들에게
둘러싸인 우리는 옴짝달싹도 하지 못할 지경이 되었다.
분위기가 심상치 않았다. 이러다 큰일 나고 말 거라는 불
길한 예감이 들었다.

"도망가야 할 거 같은데?"

용이도 직감한 듯 내 소매를 붙들었다. 나도 그러고 싶
었다. 하지만 어디를 뚫고 어찌 지나간단 말이냐? 어느덧
마을의 모든 사람이 우리 주위로 모인 양 엄청난 인파에
둘러싸이고 말았다. 결국 걱정했던 일이 벌어졌다.

"안 돼!"

어떤 소녀의 비명이 시작이었다.

가장 앞에 있던 도깨비가 꽃순이를 만지고 허공으로
흩어졌다. 그가 사라져 생긴 빈자리로 다른 도깨비가 다
가와 꽃순이에게 손을 댔다. 그 도깨비가 승천하자 또 다
른 도깨비가 빈자리를 차지하고 다가와 손을 내밀었다.

순식간이었다. 도깨비들은 일사불란 질서 정연하게 꽃순이를 통해 차례차례 사라지고 있었다. 어느 순간 사랑하는 도깨비를 잃은 성난 인간들만이 남아 우리를 노려보았다. 그들 중 승천과 소멸 그리고 진짜 죽음에 대해서 이해하는 자가 과연 있을지 모를 일이었다.

"네놈들이구나. 도사님께서 말씀하신 몹쓸 놈들이."

"틀림없어. 그렇지 않고서야 어찌 모두 없앤단 말인가!"

"우리 가족을 다 죽여 없애고도 멀쩡할 줄 알았더냐!"

나는 상황이 어찌 돌아가는 것인지 알 수 없었다. 사방에서 쏟아지는 살기를 느끼고 식은땀을 흘렸다.

"가만두지 않을 것이다!"

어느새 낫을 들고 온 노파가 우리를 향해 휘두르는 것을 시작으로 사람들이 우르르 달려들었다.

"뛰어!"

나는 그 사이에 생긴 틈으로 용이의 손을 잡고 냅다 뛰었다. 이제 어린아이에 불과한 용이는 넘어질 듯 말 듯 위태로워서 절대로 손을 놓을 수 없었다. 마을 사람들이 언급했던 도사는 분명 사부님일 것이다. 그렇다면 저들은 정말로 우리를 죽일 것이다. 어떻게 저리해 둔 건지는 모르겠지만.

이럴 땐 꽃순이가 인간이 아닌 것이 어찌나 다행인지 몰랐다. 꽃순이는 숨 한번 거칠어지지 않고 열심히 나를 따라 달렸다.

정신없이 도망치다 보니 서낭당 근처였다. 서낭당의 중심에는 사부님의 문양이 불에 탄 자국처럼 남아 있었다. 가지마다 빼곡하게 묶여 있는 오색 천에서 미약한 도깨비의 기운이 느껴졌다. 그러니까 저 서낭당이, 저 오색 천들이 도깨비의 본체인 셈이다.

더는 도망칠 수 없었다. 뭔가 해야 했다. 우리가 주춤하는 사이 성난 주민들이 삽시간에 우르르 우리를 에워쌌다.

"가만두지 않을 것이야! 감히 우리 식구를 모두 죽이다니!"

나는 꽃순이와 용이를 등 뒤로 감추었다. 매를 맞아도 내가 맞는 게 나았다.

그러자 용이가 빼꼼히 얼굴을 내밀고 크게 외쳤다.

"꽃순이는 그들을 죽인 것이 아닙니다!"

인간 틈에서 오랜 세월 살았다는, 용이는 인간을 모르는 게 분명했다. 용이의 말이 더욱 사람들을 성나게 했다.

"눈앞에서 사라지는 걸 똑똑히 봤는데 저 맹랑한 녀석

좀 보게!"

사방에서 돌덩이가 날아왔다. 어린 꼬마부터 시작해서 겨우 숟가락이나 잡을까 싶은 노인까지 모두가 힘껏 우리를 향해 돌을 던졌다.

나는 온몸으로 꽃순이와 용이를 보호했지만 역부족이었다. 날아온 돌에 용이와 꽃순이가 멍드는 것을 보자 나도 모르게 채찍에 손이 갔다. 그것을 알아챈 용이가 가만히 내 손을 잡고 고개를 저었다.

'젠장, 이런 상황에서도 끝까지!'

탁. 날카로운 돌에 얻어맞은 용이 이마에 가느다란 핏줄기가 흘렀다. 순간 눈에서 불꽃이 튀었다.

"그만해!"

나는 성질을 이기지 못하고 벌떡 일어나 소리 지르며 부채를 휘둘렀다. 사람들은 갑자기 몰아친 바람에 바닥에 쓰러졌다.

"도깨비들을 강제로 불러내 이용한 것은 당신들이야. 꽃순이는 그들을 자유롭게 해 준 거라고!"

"뭐라고 헛소리를 지껄이는 거야? 저 망할 입을 내가 찢어 놓고 말 테다!"

우락부락하게 생긴 한 사내가 칼을 빼 들었다. 농기구

를 든 다른 사람들과 달리 제대로 만들어진 장검을 들고 있는 것을 보니 과거에 칼깨나 쓰던 사람인 모양이었다. 나는 인상을 썼다. 저들이 모두 속고 있다는 건 내가 가장 잘 알았다. 그러나 나는 어쩔 수 없는 인간이다. 평범한 인간에게 친구들이 죽어 사라진다는 건 무서운 일이다.

"어디 한번 찢을 수 있다면 찢어 봐. 나 역시 가만있지 않을 것이니!"

채찍을 풀었다. 용이가 내 소매를 붙들고 만류했지만 나는 거칠게 뿌리쳤다.

"각오하거라!"

촤락. 채찍이 위협적인 기세로 땅바닥을 후려치자 화들짝 놀란 사람들이 황급히 뒤로 물러났다. 도망가지는 않았다. 그저 사정거리 밖으로 물러날 뿐 눈동자에 서린 살기는 그대로였다. 그중에서도 칼을 든 사내의 살기는 단연 최고였다.

"하앗!"

그가 번뜩이는 칼을 쳐들고 달려들었다. 우리와 붙어 싸울 심산인 듯했다. 나라고 멍청하진 않다. 거리를 좁히지 않고 얼른 뒤로 몸을 날리며 채찍을 휘둘렀다. 사내도 만만치 않았다. 날렵하게 몸을 날려 채찍을 피하더니 자세를 낮추고 파고들듯 달려들었다. 나는 황급히 뒤로 몸을 뺐다. 아슬아슬하게 칼끝이 내 심장 바로 앞에서 멈추었고 나는 그대로 사내의 옆구리를 찼다. 채찍에만 신경을 쓰고 있던 사내는 내 발길질에 꽤 큰 타격을 입은 듯 헉하는 소리를 내며 옆으로 쓰러졌다. 훌쩍 뒤로 몸을 날린 나는 바닥에 착지하기도 전에 다시 채찍을 휘둘렀다. 자리에서 일어난 사내가 채찍을 잘라 보기라도 하려는 듯 칼을 휘둘렀지만 그런 날붙이에 잘릴 채찍이 아니었다. 내 채찍이 상대의 평범하기 짝이 없는 칼을 휘감았다. 나는 그대로 채찍을 이용해 칼을 빼앗는 데 성공했다.

"자, 이제 어쩔 테냐!"

기세등등하게 빼앗은 칼을 들고 입을 연 나는 갑자기 폭발하듯 터져 나오는 기운에 서둘러 몸을 날렸다. 요란한 소리와 함께 내가 서 있던 땅이 움푹 팼다.

"하, 훼방만 없었어도 끝장낼 수 있었는데."

싸늘한 목소리의 주인은 아버지였다. 믿을 수 없었다. 그러니까 지금 아버지가 나를 죽이지 못해 안타까워했다.

아버지가 날쌔게 용이를 낚아채어 서낭당 굵은 나뭇가지 위로 날아올랐다.

"얌전히 굴어. 말을 듣지 않으면 이 녀석부터 차례차례다 죽일 것이다."

꽃순이는 인간들에게 둘러싸여 꼼짝도 못 하고 있었다.
성질을 이기지 못하고 도리어 용이와 꽃순이를 위험에 빠
뜨린 나 자신을 원망하면서 칼을 팽개쳤다.

"용이는 아버지의 벗입니다. 어쩌시려는 겁니까?"

"말을 듣지 않으면 죽인다 했지. 그런데 어찌 자꾸 반항
하는 것이냐?"

아버지의 시선은 내가 아닌 용이에게 닿아 있었다. 번
뜩이는 눈빛이 어찌나 매섭던지 절로 등줄기에 식은땀이
흘렀다.

"설마 정말로 용이를 죽이시려는 겁니까!"

오래된 벗인 아버지에게 붙들렸으면서도 용이는 놀라
기는커녕 그저 편안해 보였다. 오히려 괜찮다며 나를 향
해 작은 입을 달싹이는 걸 나는 똑똑히 보았다.

'그래, 네게 죽음은 일도 아니겠지. 너는 바람이니까.
하지만 나는 아니란 말이다!'

질끈 이를 악문 나는 날쌔게 채찍을 휘둘렀다. 불행히
도 아버지는 너무나도 가뿐하게 내 채찍을 튕겨 냈다.

"기어이 반항하겠다면 보아라!"

아버지의 손목에서 작은 칼날이 튀어나왔다. 시퍼렇게

빛나는 날붙이가 용이의 심장을 노렸다.

"하지 마세요!"

나는 다시 발악하며 채찍을 휘둘렀으나 보이지 않는 어떤 막에 부딪힌 듯 허무하게 튕겨 나왔다.

"반항 그만하란 말이다!"

아버지가 버럭 소리를 질렀다. 그제야 나는 뭔가 이상하다는 것을 알았다. 아버지는 분명 단검을 손에 쥐고 용이를 찌르려 하고 있었다. 그런데 누군가의 손에 단단하게 붙들린 듯 움직이지 못하고 부들부들 떨기만 했다.

"어차피 넌 날 못 이겨!"

아버지가 악을 쓴 순간 단검을 든 팔이 움직였다.

"용이야!"

다급한 마음에 몸을 날려 보았으나 단단한 벽에 부딪힌 것 같은 충격이 느껴지면서 바닥에 나뒹굴게 되었을 뿐 용이는 구하지 못했다. 심장에 날붙이를 품은 용이는 붉은 피를 흘리는 주제에 평온한 표정으로 나를 한번 바라보더니 싱긋 웃었다.

"기억해 줘. 나는 바람이란 걸."

용이의 몸이 축 늘어졌다. 차갑게 웃은 아버지는 무심하게 용이를 바닥에 던졌다. 털썩. 용이의 몸뚱이는 아무렇게나 흙바닥을 뒹굴었다.

"용이야!"

헐레벌떡 달려가 봤지만 불행히도 그 역시 내게 허락
되지 않았다. 투명한 막이 여전히 건재하여 나는, 거칠게
쿵 부딪힐 뿐이었다. 용이의 몸에서 생명이 빠져나가는
것을 나는 그저 지켜봐야 했다. 가슴 깊은 곳에서 뜨거운
무언가 치밀었다.

"왜, 왜 그러셨습니까! 용이는 제 벗이기 이전에 아버
지의 벗이었습니다!"

"너와 양석의 벗일지는 몰라도 내 벗은 아니지."

'뭐?'

아버지가 알 수 없는 소리를 지껄이기 시작했다.

"부자가 똑같아. 부모의 원수를 갚으라고 아무리 떠들
어도 복수심 따위 가지지 않는 아들놈이나 사랑해 마지않
는 마누라를 살려 주겠다는데도 벗과 자식 때문에 갈등하
던 녀석이나. 그 아버지에 그 아들, 부전자전."

'뭐지? 뭐가 어떻게 된 거지?'

아버지의 손이 다시 부들거리기 시작했다. 들고 있던
단검이 순식간에 자신의 목을 겨누었다. 자살이라도 하겠
다는 것처럼.

"자꾸 이러면 네 아들도 성치 못하다고 말했을 텐데?"

아, 그제야 나는 모든 것을 깨달았다. 내 앞에 선 저 남자는 아버지의 탈을 쓴 사부님이었다. 그래서 아버지가 나를 향해 칼을 휘둘렀던 거다. 그래서 아버지가 도깨비와 인간들을 아무렇지 않게 죽이고 다녔던 거다. 안도감이 밀려왔지만 동시에 아버지의 상황이 안타까워서 눈시울이 뜨거워졌다.

"가만두지 않겠어!"

아버지의 탈을 쓴 사부 염이 차갑게 웃었다.

"그건 너보다 강한 자에게 할 말이 아니지."

"길고 짧은 건 대 봐야지."

뜨거운 눈물이 두 뺨을 타고 흘러내리는 것을 느끼며 나는 부채를 단단히 움켜쥐었다.

나를 보고 피식 웃은 염이 허공에 익숙한 문양을 그려 넣었다. 도깨비의 심장을 빼내는 주문. 나는 그 대상이 당연히 꽃순이일 거라 생각했다. 그런데 아니었다.

심장이 무섭게 조여왔다. 누군가 뜨겁게 달군 쇳덩이로 심장을 짓누르는 느낌이었다. 나는 눈앞이 아득해지는 것을 느끼며 그대로 무릎을 꿇고 손으로 바닥을 짚었다. 호흡이 절로 거칠어졌다. 심장의 통증이 점점 응축되는 게 느껴졌다. 한 점으로 모이면 모일수록 통증의 강도는 세졌다. 이러다 죽는 거 아닌가 싶은 찰나, 한순간에 통증이 사라지며 무언가가 몸에서 빠져나갔다. 모든 힘을 잃고 녹아내리듯 축 늘어지는 와중에 내 몸통에서 튀어나온 푸른 구슬 하나가 염을 향해 쏜살같이 날아가는 것을 보았다. 틀림없는 도깨비의 심장이었다. 그것이 어째서 내 안에서…….

옛 사부 염은 태연하게 그 구슬을 손으로 받아 내더니 꿀꺽 삼키고는 나를 향해 비열한 미소를 지었다.

"평범한 인간인 네가 어찌 도깨비의 술법을 사용할 수 있었을까?"

염이 낄낄 웃었다. 나를 비웃고 있는 게 틀림없었다.

"그곳에서 네가 매일같이 따 먹던 복숭아, 그것이 과연 진짜 복숭아였을까?"

"그게 무슨……."

끄하하. 염의 웃음소리가 사방 천지에 퍼져 나갔다.

"그것은 내 너를 위해 친히 위장한 도깨비의 심장이었느니라."

아아, 이럴 수가. 그러니까 나는 나도 모르게 그간 도깨비의 생명을 내 멋대로 쓰고 있었던 것이다. 상황은 어째서 계속해서 악화하기만 하는 걸까.

바닥에 내동댕이쳐진 용이의 시신이 보였다. 표정은 평온하기 짝이 없지만 다시는 내 벗 용이의 웃는 얼굴을 볼 수 없게 되고 말았다.

성난 인간들에게 둘러싸인 꽃순이를 보았다. 그들은 비록 얌전히 꽃순이를 꿇어앉힌 채로 포박해 놓았을 뿐이지만 염은 분명 꽃순이를 가만두지 않을 것이다.

나는 어떠한가? 부채도 채찍도 이제 평범하게 변해 버린 것을 알 수 있었다. 그럼 어떻게 염에게 대적해야 하는 것일까.

그 어떤 방법으로도 그를 막을 수 없다는 것을 깨닫자 비통함에 눈물이 앞을 가렸다.

"끄헉."

절대로 입 밖에 내지 않기로 작정한 울음소리가 나도 모르게 튀어나왔다. 절대로 염 앞에서는 보이고 싶지 않은 약하디약한 모습이 그 소리 하나로 만천하에 드러나고 말았다.

참으려고 노력해도 울음소리가 자꾸만 튀어나왔다. 눈물범벅이 되어 마른 흙바닥에 방울방울 눈물을 떨구고 있어도 대성통곡만은 하고 싶지 않았는데 점점 더 북받치는 감정은 차곡차곡 쌓여만 갔다.

"그치거라. 네가 울면 바람이 슬퍼할 것이다."

땅의 목소리가 뇌리를 때렸다. 그와 동시에 두두둥 땅이 크게 진동하더니 꽃순이를 둘러싼 사람들을 모두 쓰러뜨렸다. 깜짝 놀라 나는 눈물이 쏙 들어가 버렸다. 서낭당이 단단히 뿌리내리고 있던 땅 일부가 불쑥 솟아오르더니 태연하게 나뭇가지에 앉아 있던 염을 향해 돌진했다.

믿을 수 없는 상황에 인간들은 모두 까무러칠 정도로 놀라서는 혼비백산하여 도망가 버렸다. 나무 위의 염은 훌쩍 뛰어 저만큼 떨어진 곳에 가볍게 착지했다. 몸놀림은 가볍기 짝이 없었으나 표정만큼은 괴상하게 일그러졌다.

"우리는 우리에게 주어진 의지를 처음이자 마지막으로 사용하고자 한다."

염을 공격했던 흙 무더기가 다시 쑥 가라앉아 사라지는가 싶더니 꽃순이 앞에서 솟아나서는 그대로 꽃순이에게 달려들었다. 순간 헉하고 새어 나온 신음을 막을 수 없었다. 흙 무더기는 무서운 기세로 끊임없이 꽃순이의 가슴팍으로 파고들었다. 그것은 얼핏 흙처럼 보였지만 눈을 비비고 자세히 보니 흙이 아니라 황톳빛 기운이었다. 힘을 뺏긴 지금 더 이상 도깨비의 기운 따위 느끼지 못해야 정상이련만, 내 눈은 분명하게 꽃순이를 에워싼 황톳빛이 점점 강해지는 걸 느끼고 있었다.

드디어 흙의 기운을 다 빨아들인 꽃순이가 두 눈을 반짝하고 뜨기 무섭게 푸른 안개가 사방에서 몰려들었다.

"우리는 다시 예전으로 돌아가고자 한다. 그 전에 이 모든 일의 원흉을 처단할 것이다."

흙과 다른 기운찬 목소리가 머리에 울리기 무섭게 푸른 안개가 꽃순이를 향해 밀려들었다. 잔뜩 응축되어 쪽빛처럼 보이는 안개가 온통 꽃순이를 휘감더니 삽시간에 꽃순이에게 흡수되었다. 꽃순이의 기운은 아까보다 더욱 강해졌다.

멀찌감치 이러지도 저러지도 못하고 지켜보고만 있던 염이 발을 동동 굴렀다. 평범한 인간이 되어 버린 내게는 눈길조차 주지 않은 채로 그는 온통 꽃순이만을 시야에 담았다.

쪽빛 안개가 사라지는가 싶은 순간 갑자기 밀려드는 열기에 숨이 막히는 것 같았다. 안개가 사라진 공간에 엄청난 열기가 모여들더니 이내 붉은 불꽃이 되어 꽃순이를 휘감았다. 그 열기는 내게까지 미쳐 가마 속의 도자기가 이런 기분일까 싶었다.

열기가 사라지자 꽃순이를 묶었던 포박이 힘없이 스르르 바닥에 떨어졌다. 꽃순이는 가만히 자리에서 일어나 염을 응시했다. 염이 비열하게 웃었다.

"이렇게 갑자기는 곤란한데."

꽃순이는 그 말에 대답하듯 생긋 웃더니 가만히 손을 뻗었다. 지나치게 고요하고 부드러운 동작이었다. 하지만 그 손에서 뻗어 나간 삼색 기운은 무시무시했다. 폭발하듯 승천하는 용처럼 무서운 기세로 염을 향해 달려간 엄청난 기운은 그대로 염의 전신을 휘감았다. 염은 고통에 찬 비명을 한참이나 내지르다 힘없이 쓰러졌다.

꽃순이가 다시 힘을 거둬들였다. 아버지의 모습을 한 염은 그대로 바닥에 축 늘어진 채 미동조차 하지 않았다. 나는 혹시라도 염이 아버지의 몸에 남아 있을까 섣불리 다가가지 못했다.

"가 봐."

꽃순이가 입을 열었다. 나는 꽃순이가 드디어 말했다는 놀라움을 느낄 새도 없이 그 말이 무슨 의미인지 알았다.

"아버지!"

헐레벌떡 달려가 품에 안은 아버지의 몸은 너무나 차가웠다. 죽음에 이르렀던 어머니가 떠올랐다. 아버지는 그때의 어머니와 같은 푸른 낯빛을 하고 있었다. 아버지마저 허무하게 잃을 수 없어 아무 소용이 없다는 걸 알면서도 열심히 팔을 주무르는데 퐁 소리를 내며 작은 구슬하나가 아버지의 심장에서 튀어나왔다. 푸른 구슬은 순식간에 하늘 저 멀리 어딘가로 쏜살같이 날아갔다.

허억. 크게 숨을 들이쉬며 아버지가 들썩였다.

"아버지!"

한참이나 숨을 고르며 나를 응시하던 아버지가 제대로 알아듣기 어려울 만큼 작은 목소리로 입을 열었다.

"미안하구나."

"아버지의 의지가 아니었잖아요."

아버지가 미소를 지었다. 내 기억 속의 따뜻한 미소였다. 나도 아버지도 눈물을 흘렸다.

"그는 이제 얼마 남지 않았느니라."

"기껏 이런 상황에서 한다는 말이 그런 거예요?"

나는 투정을 부렸다. 아버지는 부드러운 미소를 지으며 내 손을 어루만졌다.

"그는 많은 힘을 얻었지만 세월의 흐름까지는 막지 못했지. 도깨비의 힘 없이는 거동도 힘들 정도로 늙어 버린 탓에 마음이 조급해졌단다. 하니 너도 서둘러야 한다."

"무얼 어찌 서둘러야 한단 말입니까?"

"한양에 가 보거라."

아버지가 말을 마치기 무섭게 심하게 쿨럭거렸다. 나는 아버지를 연거푸 부르는 것 말고는 아무것도 할 수 없었다.

"이제…… 네 어미의 곁으로 갈 수 있게 되어 행복하구나."

"안 돼요, 아버지. 가지 마세요."

"꽃순이를 꼭 데려가거라. 염은 꽃순일 무척이나……."

미처 말을 끝맺지 못하고 아버지는 눈을 감았다. 점점 차갑게 식어 가는 아버지를 끌어안고 나는 울부짖었다.

기우제

염의 술법에 미혹당했던 마을 사람들은 염이 사라지기 무섭게 다들 어리둥절한 표정으로 서로 바라보더니 민망한 표정으로 흩어졌다. 개중에 나를 보며 미안한 듯 연신 허리를 굽실거리는 사람도 있는 것을 보면 모두 염의 술수에 놀아난 게 분명했다.

그들의 도움을 받아 나는 아버지와 용이를 묻었다. 그들은 미안한 마음 때문이었는지 마을 뒷산 가장 좋은 자리를 일러 주었고 모두가 자신의 일처럼 나서 주었다. 덕분에 아버지와 용이의 무덤은 제법 그럴듯한 모양새가 되었다.

모두가 물러간 무덤 앞에 나와 꽃순이만 남았다.

"아버지, 조금만 기다리세요. 금방 일을 끝내고 어머니랑 같이 합장해 드릴게요."

비록 아무런 대답도 돌아오지 않았지만 눈을 감는 순간에도 어머니를 볼 수 있게 되었다며 행복해하던 아버지는 분명 내 말을 듣고 환히 미소 지으셨을 거다. 나는 눈앞에 아버지가 있는 것처럼 그 모습을 생생하게 떠올릴 수 있었다.

하염없이 아버지의 무덤 앞에 서 있던 나는 힘겹게 등을 돌렸다. 내게는 마지막으로 해야 할 일이 있었다. 떠나면서 아버지의 무덤 옆 또 다른 무덤이 자꾸 눈에 밟혔다. 바람이었으나 인간이 되었다가 결국 죽음에 이르게 된 용이. 비록 평온한 표정으로 죽음을 맞이했지만 용이의 힘을 염이 가지고 있는 이상 온전하지 않을 것이 분명했다. 나는 세상과 나를 위해서기도 하지만 용이를 위해서도 기필코 염을 막아야 했다.

문제라면 내가 아무런 힘도 없고 나약하다는 것이다. 몇 번이나 현실을 외면하고 부채나 채찍을 휘둘러 보았다. 겉으로 보기에는 예전과 다를 바 없이 움직일 수 있었다. 하지만 그뿐이었다. 나는 미련 없이 부채와 채찍 모두 머무는 집의 아궁이에 쑤셔 넣었다.

다음 날 아침, 마을 사람 전부가 나와서 우리에게 허리 숙여 작별을 고했다. 나는 환히 웃으며 그들의 사과를 받아들였다.

마을을 떠난 후로 꽃순이와 나는 단 한마디도 하지 않았다. 흙과 불과 물의 기운을 받아들이는 걸 목격한 탓인지 나는 어렴풋이 꽃순이가 내가 아는 꽃순이가 아니라는 사실을 깨닫고 있었다. 도대체 꽃순이가 어떤 존재인지 아무리 생각해도 알 수 없어서 그저 묵묵히 한양을 향해 걸었다.

드디어 도착한 한양에서 나는 다소 뜬금없는 소식을 접했다.

"폭로 의례요?"

"아, 몇 번을 말해. 폭로 의례라니까?"

내게 소식을 전한 사내는 자신이 어려운 말을 똑똑히 기억했다는 것에 자부심을 느낀 듯 한껏 가슴을 내밀었다.

폭로 의례는 임금이 뜨거운 햇볕 아래 하늘을 향해 석고대죄를 해서 하늘을 위로하는 방식의 기우제로, 실상은 가뭄이 하늘의 노여움으로 비롯되었다 믿는 백성을 위로하기 위한 행사였다. 물론 예전에도 종종 있었던 의례였으니 새삼스러울 것은 없었다. 하지만 내가 의심스러운 건 딱히 기우제를 올릴 필요가 없는 올해의 날씨였다.

한양으로 가라 말했던 아버지. 그리고 다소 뜬금없는 기우제.

"기우제가 아니야."

꽃순이도 눈치챈 듯했다. 그러나 나는 아무 대꾸도 하지 않았다. 진짜 꽃순이였다면 어떻게든 한마디라도 섞으려 했을 텐데.

이제 더는 머뭇거릴 틈이 없었다. 염이 도망치기 직전 아버지의 표정은 그러니까 염이었던 아버지가 지은 표정은 그저 약간의 실망이었을 뿐 좌절이 아니었다. 꽃순이가 엄청난 기운을 모두 흡수했다는 걸 알고도 그랬다는 건 분명 내가 알지 못하는 어떤 방법을 준비했다는 의미일 터였다.

한양에 도착하기 무섭게 나는 망설임 없이 북촌으로 향했다. 언젠가 용이가 했던 말이 기억나서였다.

"내가 다 알아서 할 테니까 그냥 모든 것을 다 잊고 할아버지를 찾아가. 가서 원래 너의 삶을 찾고 평범하게 살아."

막 맷골을 잃어버리고 인형과도 같은 꽃순이를 만난 지 얼마 되지 않은 때였기에 나는 용이의 그 말에 불같이 화를 냈다.

"나를 이 꼴로 만든 사부님을 용서하란 거냐?"

"너와 양석이 불행해진 것은 내 탓이야. 내가 얌전히 그에게 힘을 넘겨줬다면 벌어지지 않았을 일이지."

용이는 그런 궤변까지 늘어놓으며 내가 이 일에서 손을 떼고 한양의 할아버지에게 돌아가 본디 내 것이었을 자리를 되찾으라고 설득했다.

물론 나는 그 설득에 넘어가지 않았으나 그때 들었던 할아버지에 대한 이야기는 똑똑히 기억했다. 솔직히 믿기 어려웠다. 용이 말에 따르면 현 좌상 엄용호 대감이 바로 내 할아버지였다.

용이가 거짓말했을 리는 없지만 자신이 없었다. 한 번도 본 적 없는 놈이 갑자기 나타나 자신이 손자라고 한다면 누가 믿어 줄까 싶었다. 하지만 나는 썩은 동아줄이라도 잡아야 했다. 나라님이 주관하는 기우제를 나 혼자 어찌할 수는 없었다.

드디어 도착한 내 할아버지의 집은 열두 개의 높다란 계단 위 솟을대문이 으리으리한 위용을 자랑하고 있었다. 그 기세는 마치 '감히 너 따위가!'라고 외치는 것처럼 보였다. 나는 누더기나 다름없는 내 도포를 내려다보았다. 갓과 도포를 걸쳤다 뿐이지 딱 거지꼴이나 다름없어서 옷이라도 새로 사 입을 걸 하는 후회가 들었다.

　나는 한참 머뭇거리다가 어렵사리 계단을 올랐다. 돌로 만들어진 단단하고 차가운 바닥을 온몸으로 느끼며 대문 앞에 선 나는 두 눈을 질끈 감고 크게 사람을 불렀다.

　"이리 오너라!"

　안에서 발소리가 들리더니 요란하게 대문이 열렸다.

　"뉘슈?"

　빼꼼히 내민 그 얼굴을 보는 순간 나는 당황함을 감출 수 없었다.

　"어?"

　대문을 열어 준 사람도 잠시 내 얼굴을 뚫어져라 바라보더니 이내 놀란 표정으로 외마디 비명을 내질렀다.

　지지리도 가난한 맷골에서 농사를 짓지 않으면서도 약재를 퍼다 줄 수 있었던 것은 가끔 아버지를 찾아오던 심마니 아저씨 덕분이었다. 어째서인지 아저씨는 아버지를 찾아올 때마다 큰돈을 쥐여 주었다. 그럼 아버지는 그 돈으로 동네잔치를 열기도 했고 구할 수 없던 귀한 약재들을 사 놓기도 했다. 그때는 도무지 그 이유를 알 수 없어 아버지를 닦달도 해 봤지만, 뒷동산이나 다름없는 뒷산에서 산삼을 구할 때 연락하는 자라는 말도 안 되는 답변만

들었다.

바로 그 심마니 아저씨가 대문 너머에 있었다.

"아저씨, 여기 살아요?"

심마니 아저씨는 내 질문을 듣지도 못한 것 같았다. 귀신이라도 본 것 같은 표정의 아저씨는 대문을 활짝 열어둔 채로 헐레벌떡 안채로 뛰어갔다.

"마님, 마님!"

"웬 소란이냐?"

위엄 있는 목소리와 함께 노부부가 문을 열고 나왔다. 활짝 열린 대문을 바라보며 의아한 표정을 지은 노부부는 이내 호들갑을 떠는 아저씨의 말을 듣더니 놀란 토끼 눈을 해서는 버선발로 뛰쳐나왔다.

"네가 정녕 치욱인 게냐?"

그랬다. 심마니는 할아버지가 보낸 아버지와 할아버지의 연결고리였다.

내가 우려했던 일은 벌어지지 않았다. 심마니 아저씨, 아니 박 서방의 도움으로 나는 너무나도 수월하게 이 집안의 핏줄임을 증명할 수 있었다. 아저씨는 내 얼굴을 똑똑히 기억하고 있었고 다 자란 내 얼굴도 단번에 알아보았다. 아버지를 쏙 빼닮은 덕분이었다.

"그래, 그간 고생이 얼마나 많았누?"

할머니는 내 손을 연신 쓰다듬으며 눈물지었다.

내가 떠난 후 맷골을 찾았던 박 서방을 통해 나와 아버지가 사라진 것을 알게 된 할아버지와 할머니는 우리를 백방으로 수소문했지만 소득이 없었다. 그러다가 혹시나 싶어 바로 얼마 전 다시 한번 박 서방을 보냈다가 마을이 폐허가 되었다는 소식을 듣고는 그제야 시신 없는 관을 묻고 장사를 치렀단다.

"그런데 이렇게 살아 있다니. 진작 연락을 좀 하지 그랬느냐!"

할머니는 주르륵 눈물을 흘리며 나를 타박했다. 괜스레 죄송한 마음이 들어 나는 죄인처럼 고개를 숙이고만 있었다.

"그간 어찌 지냈느냐?"

눈물지으며 나를 자꾸만 다독이던 할아버지가 물었다. 열네 살 이후로 지금까지 이 년. 짧다면 짧고 길다면 긴 기간 동안 내가 겪은 일들이 순식간에 머리를 스쳐 가자 나는 백 년은 늙어 버린 기분이 되었다.

"그리 힘들었던 게냐?"

그 질문에 내 표정이 아까보다 어두워지자 할머니는

또다시 울음을 터뜨릴 기세였다. 나는 고개를 푹 숙였다.

"하면 다른 식구들은 어찌 됐느냐?"

"어머니는 제가 맷골을 떠나기 전에 돌아가셨고, 아버지는⋯⋯."

죽어 가면서도 어머니를 만날 수 있게 되었다며 기뻐하던 아버지의 얼굴이 떠올랐다.

"얼마 전에 돌아가셨습니다."

내 말이 끝나기 무섭게 할머니는 오열했다. 할아버지 역시 침통한 표정으로 다정하게 할머니를 다독였다. 나는 두 분이 진정되기를 기다렸다가 긴 이야기를 시작했다.

해가 지고 달이 떠올랐다. 방 안은 어느새 등불이 밝혀졌지만 내 이야기는 끝날 줄 몰랐다. 그렇게 새벽닭이 울 때쯤에야 나는 모든 이야기를 마칠 수 있었다. 추임새도 없이 묵묵히 듣기만 하던 할아버지와 할머니는 말을 마친 내 뺨에 흘러내린 눈물을 닦아 주었다. 나도 모르는 사이 나는 소리 없이 울고 있었다.

"힘들었겠구나. 의지할 곳 하나 없이 얼마나 고생이 많았누."

할머니는 내 손을 부드럽게 쓰다듬었다. 이제는 나를 달래기 위해서라도 울면 안 된다고 생각한 것인지, 아니

면 너무 많이 울어 눈물이 말라 버린 것인지 슬퍼 보이긴
했지만 부드러운 미소를 짓고 있었다. 나는 그 얼굴에서
다정했던 아버지의 모습을 발견했다. 그 바람에 흐르던
눈물이 더욱 굵어지고 말았다. 두 분은 그런 나를 말없이
다독여 주었다.

그렇게 나는 하루를 꼬박 할아버지와 할머니의 품에
안겨 그간의 설움을 씻어 냈다.

실로 오랜만에 느긋한 여유를 부려 보았다. 뜨거운 물
에 목욕을 하고 햇빛 냄새가 나는 새 옷을 받아 입고 보니
마치 대가댁 도령이라도 된 것 같은 기분이었다. 그렇게
한껏 들뜬 채로 내 방을 나서 안채로 향하던 중 곱게 치장
하고 해바라기를 하는 꽃순이와 맞닥뜨렸다. 순간 가슴이
철렁했다.

선명한 붉은 치마에 노란 저고리를 입고 붉은 댕기를
드리웠다. 곱게 연지를 바르고 분칠까지 마친 꽃순이는
지체 높은 양반가의 규수라 해도 믿을 만큼 기품이 흘러
넘쳤다. 상대가 내가 아는 꽃순이가 아니라는 걸 알면서
도 넋이 나가 멍하니 서 있었다.

"꽃순이도 맷골 아이면 부모를 잃었겠구나."

부드럽게 들려온 목소리에 화들짝 놀라 자세를 바로했다. 할머니였다. 인자한 얼굴로 담장 너머 꽃순이와 얼굴이 붉어진 나를 번갈아 바라보던 할머니는 얼굴에 웃음이 가득했다.

"아직 혼례 전이라 했지?"

"예."

"그럼 어서 서두르는 것이 좋겠구나. 네 나이면 벌써 첫 아이쯤은 품고 있어야 하지 않겠니?"

나는 얼굴이 붉어지는 것을 막지 못했다. 할머니는 꽃순이와 나의 혼례를 기정사실처럼 받아들이고 있었다.

"그런 관계가 아니옵니다."

"신분 때문이라면 걱정할 것 없다. 네 어미도 농사꾼의 딸이었느니라. 너만 좋다면 다 상관없어. 하니 신경 쓰지 마라."

꽃순이는 인간이 아니라는 말이 목구멍까지 올라왔다가 내려갔다.

왠지 두 분은 그래도 상관없다고 하실 것 같았다. 그러나 이제는 내가 싫었다. 눈앞의 저 곱디고운 처자는 더는 꽃순이가 아니었다. 도깨비나 인간 혹은 신분 따위의 문제가 아니었다.

"정말로 그런 사이가 아닙니다."

"정말로?"

의아하다는 표정으로 되묻는 할머니에게 나는 환하게 웃음으로써 긍정했다.

내 모든 사정을 알게 된 날 이후로 할아버지는 도통 볼 수 없었다. 기우제에 대한 조사를 하는 중이라고 했다. 나는 이렇게 막연히 기다리기만 해도 되는가 싶어 걱정스러웠지만 한편으로는 할아버지에 대한 믿음이 있었다. 그리고 그 믿음은 옳았다.

드디어 사흘째 되던 날 할아버지를 다시 만나 볼 수 있었다.

"그간 대궐에 생겼던 수상한 몇 가지 일을 이해할 수 없어 머리가 아팠는데, 네 이야기와 조합하고 보니 속이 후련해지는구나."

"궐에 무슨 일이 있었습니까?"

다정하게 나를 대하던 할아버지의 얼굴은 어느새 차가운 정치가의 표정으로 변했다. 다소 놀라웠지만 눈앞의 노인이 조선 팔도를 호령하는 좌상임을 떠올리며 나는 그 변화를 수긍했다.

할아버지는 화로를 끌어당겨 담배에 불을 붙이고는 말을 이어 나갔다.

"대비마마께옵서 이번 기우제를 기필코 큰무당이 해야 한다고 고집을 부리셨단다."

"대비마마께서요?"

"본래 큰소리 한번 내는 일 없는 분이 주상 전하께 호통까지 쳐 가며 강요하셨다 하여 모두가 놀랐지."

"갑자기 사람이 바뀌었다는 건가요?"

"대비께서는 유모였던 본방나인 출신 상궁 하나를 무척이나 아끼시는데 바로 그 상궁 때문일 거라고 모두가 수군거렸지."

왕실로 시집갈 때 친정의 유모나 몸종을 데리고 입궁하는 것은 흔한 일이다. 문제가 있다면 그들이 종종 자신이 모시는 주인의 지위를 이용해 왕실을 장악하기도 한다는 것이었다.

"원래 대비마마께서는 달님을 향해 기도 수준의 치성밖엔 드리지 않으셨단다. 그런데 언젠가부터 박 상궁의 궐 밖 출입이 잦아지더니 갑자기 거의 맹목적으로 어떤 무당을 신뢰하게 되셨다더구나. 그러시더니 기어코 주상전하께 이번 기우제를 성수청까지 부활시켜 주관하게 해 달라 간청하시지 않았겠느냐? 모두가 갑자기 변한 대비 마마 때문에 크게 당황했지."

박 상궁의 말 때문에 대비가 그렇게 한 것이라면 필시 박 상궁이 염과 관계가 있을 터.

"박 상궁이 또 언제쯤 궐을 나갈 것 같으십니까?"

"미행이라도 해 볼 참이더냐?"

"예. 필시 염에게 가거나 혹은 염과 관련 있는 누군가에게 다녀가는 것일 테니까요."

할아버지가 크게 웃었다.

"그럴 필요 없느니라. 내가 이미 알아 두었거든."

"벌써요?"

"이 나이 되도록 조정에서 살아남았느니라. 내가 그런 것도 생각하지 못했을까?"

"고맙습니다."

나는 꾸벅 고개를 숙였다. 할아버지는 손사래를 치며 내 인사를 막았다.

"할애비와 손자 사이에 그게 다 무슨 말이더냐? 어서 일을 끝내야 네가 내 뒤를 이을 것 아니겠느냐?"

"예?"

나는 크게 당황했다. 할아버지의 뒤를 이을 생각은 눈

곱만큼도 해 본 적이 없었다. 그 자리가 싫어서가 아니었다. 다만 내 자리가 아닌 것 같다는 생각을 은연중에 하고 있었던 것뿐이다.

내 마음을 아는지 모르는지 할아버지는 박 상궁이 드나든다는 곳을 알려 주었다.

"인근에 있는 암자니라. 이미 오래전에 버려져 텅 비어 있었는데 최근 스님 한 분이 터를 잡고 계시더구나."

"그렇다면 그 스님이?"

미소가 어려 있던 할아버지 표정이 이내 심각하게 굳어졌다.

"도무지 인간이라 볼 수 없을 만한 신통한 능력을 지닌 탓에 사람들이 줄을 잇는다더구나."

만약 사실이라면 그는 분명 염일 것이다. 더 기다릴 필요가 없었다.

대문을 넘는 나를 할머니께서 걱정스럽게 보듬어 주었다. 할아버지는 그 모습을 물끄러미 바라만 보다가 힘겹게 입을 열었다.

"군사를 내어 주지 않아도 괜찮겠느냐?"

"예. 그자는 어차피 백만대군이 몰려온다 해도 상대할

수 없는 위인입니다."

"하면 너는 어찌 상대한단 것이냐?"

나는 아무런 대답도 할 수 없었다. 다행히 할아버지는 이내 인자한 미소를 지으셨다.

"네가 죽으면 우리 집 대가 끊기는 것이다. 꼭 살아 돌아와야 한다. 알겠느냐?"

나조차 믿지 못하는 나를 할아버지가 믿어 주었다.

"예."

어차피 죽을 확률이 더 높다는 것을 뻔히 알면서도 감격에 겨워 나는 환히 웃었다.

꽃순이가 말없이 나를 따랐다. 말끔하게 차려입은 나만큼 곱게 단장을 마친 꽃순이는 단연 시선을 끌었다. 장옷조차 걸치지 않은 터라 몰려드는 시선을 막을 길이 없었다. 그렇게 우리는 한양을 나섰다.

암자는 한양 바로 밖 산 중턱에 있었다. 왕위 쟁탈의 피바람을 몇 번이나 겪으면서 텅 비어 버린 암자였다. 그 암자에 찾아온 노승은 스님이라기보다는 산중 기인에 더 어울린다고들 했다. 그는 불법을 설파하기보다는 기묘한 주문을 외우며 사람들을 치료하고 그들의 근심 걱정을 해결해 주는 일을 하면서 그곳에 터를 잡은 지 며칠 만에 이름을 알렸다고 했다.

구미호 할머니가 생각났다. 그의 하는 모양새는 구미호 할머니와 크게 다르지 않았다.

'네 사부는 꽃순이가 해결해 줄 게다.'

할머니가 했던 말이 생각났다. 저절로 꽃순이를 보게 되었다. 눈이 마주친 순간 생긋 웃었지만 이제 나는 그 미소에 미소로 대답할 수 없었다. 내가 아는 꽃순이는 결코 염에게 대적할 만한 존재가 아니다. 그러나 이 꽃순이는 가능할 터. 갑자기 낯선 감정이 치밀어 나도 모르게 눈살을 찌푸렸다.

작은 암자를 생각했는데 제법 큰 규모의 빈 절이 모습을 드러냈다. 낡고 오래된 대문과 정면의 거대한 법당 문이 활짝 열려 있었다. 법당 중앙 거대한 불상 아래 정좌하고 앉은 노승이 있었다.

"정면 돌파를 하러 오다니 겁이 없구나."

제법 먼 거리였는데 나는 또렷하게 그의 목소리를 들을 수 있었다. 비록 내가 오랫동안 들어왔던 목소리도 아니었고 아버지의 몸을 빌려 말했던 목소리도 아닌 생전 처음 듣는 목소리였지만 나는 그 목소리가 염인 것을 확실하게 알 수 있었다. 그가 도저히 갈무리하지 못해 밖으로 뻗치는 도깨비의 기운 때문이었다.

"이제 평범하기 짝이 없는 네놈이 나를 어찌 막으려는 것이냐? 설마 꽃순이를 믿는 게야?"

나는 아무 대답도 할 수 없었다. 내가 대답하지 않자 염이 일어나더니 뒤로 돌아 나를 바라보았다. 구미호 할머니만큼이나 늙어 쭈글쭈글하다 못해 말라비틀어진 그는 송장이라 해도 믿을 상태였지만 눈빛만은 형형했다.

"자, 내가 눈앞에 있지 않으냐. 어디 한번 덤벼 보아라!"

할아버지가 건네준 칼을 움켜쥐었다. 하지만 뽑지는 않았다. 평범하기 짝이 없는 이 칼 한 자루로 그를 어찌할 수는 없는 노릇. 나는 그저 바짝 긴장한 채로 호위하듯 한 발 한 발 신중하게 내딛는 꽃순이의 뒤를 따를 뿐이었다. 염은 전혀 겁나지 않는다는 듯 씩 웃고만 있었다. 뭔가 불안했다. 분명 꽃순이가 뭔가를 하려 하는데도 염은 너무나 태연했다.

"네 할아버지의 이름이 엄용호이던가?"

염이 입을 열자 식은땀이 흘렀다. 꽃순이는 꾸준히 그와 가까워지고 있었다.

"그가 온 궁궐을 헤집고 한양 일대를 샅샅이 뒤지고 다니는 것을 내 이미 알고 있었느니라."

252

꽃순이는 여전히 그를 향해 다가가고 있었다. 이미 마당의 절반을 지나온 참이었다. 나는 그가 무슨 의도를 가졌는지 알지 못해 아무런 대답도 할 수 없었다.

염이 낄낄 웃었다.

"아무리 대단한 좌상이라 한들, 내가 벌인 수작을 겨우 사흘 만에 알아낸다는 게 가능하다고 여기느냐?"

염이 도대체 무슨 말을 하려는 것인지 알 길이 없었다.

"지금쯤 네 할아버지의 집은 난리가 났을 거다. 대비전으로부터 흘러나온 말 한마디에 역적이 됐거든. 평소에 얼마나 밉보인 건지 임금은 그 말 한마디에 옳다구나, 덥석 물더구나."

나는 굳건히 마음을 먹고 그 말을 한 귀로 흘려 버렸다. 할아버지인 줄은 몰랐어도 좌상 엄용호에 대한 이야기는 익히 들어 알고 있었다. 그런 얕은 수에 당할 분이 결코 아니었다. 염은 그런 내 태도에 아랑곳하지 않았다.

"네 아비가 너를 살려 달라 그리 애원하며 나를 위해 몸을 아끼지 않고 노력해 주었기에 내 그 약속만큼은 지켜 주고 싶었건만, 그 아들이 불나방처럼 자꾸 날아드니 이젠 어쩔 수가 없구나."

염이 유심히 하늘을 살피더니 씩 웃었다.

"때가 되었느니라."

그가 말을 끝맺음과 동시에 하늘이 어두워졌다. 짙은 먹구름이 몰려들었다. 구름이나 바람 한 점 없이 맑은 날씨였다. 그런데 찬란하게 빛나던 태양이 갑자기 온통 검은 구름에 가려 마치 밤처럼 변해 버렸다.

"기우제가 끝난 모양이구나. 궁금하지 않으냐, 무엇을 기원한 건지?"

할아버지는 아직 기우제까지 며칠 여유가 있다고 했는데. 설마 정말로 그의 계략에 넘어간 건가?

"그 기우제는 말이다. 기우제가 아니라 흙과 물과 불이 꽃순이에게 빌려준, 그러니까 주인 잃은 힘이 새로운 주인을 찾도록 하는 제사란다."

그런 게 가능할 리 없다고 되뇌었지만 자신만만한 염의 태도에 내 믿음은 서서히 무너져 내렸다. 식은땀이 흘렀다. 꽃순이는 이제 법당 안에서 그와 마주하고 있었다.

"자, 보아라! 내 수백 년간 간절히 바라 마지않던 일이 이루어지는 순간을 말이다!"

우레와 같은 번개가 법당의 지붕을 내리치는 순간 염에게서 번쩍 불꽃이 튀었다. 꽃순이가 외마디 비명을 내질렀다. 때를 같이 하여 꽃순이의 몸에서 튀어나온 삼색의 기운이 미친 듯이 사방으로 날뛰었다.

나는 급히 칼을 빼 들고 염을 향해 달려들었다. 뭐가 어찌 돌아가는지는 모르지만 염의 정신을 흩뜨려 놓는다면 지금 이 상황을 잠시나마 멈출 수 있을 거라고 생각했다.

"이야!"

온 힘을 다해 기합을 내뱉으며 달려들었으나 내 칼은 염에게 생채기조차 내지 못했다. 있는 힘껏 내질러 그의 목을 노렸는데도 거대한 힘에 가로막힌 듯 내 칼은 허공의 어딘가에 박혀 꿈쩍도 하지 않았다. 그러는 동안 꽃순이의 비명이 길게 법당을 채웠다. 그에 따라 꽃순이의 몸에서 뿜어진 삼색의 기운도 법당을 가득 채웠다. 끊임없이 날뛰는 기운에 나는 태풍이 불어올 때처럼 휘청거릴 수밖에 없었다.

대체 얼마나 오래도록 지속했는지 몰랐다. 정신을 차릴 수 없을 만큼 한동안 계속되던 태풍이 일순간에 멈춰 버렸다. 법당을 가득 채운 기운은 이제 고요했다. 스르륵 꽃순이가 힘없이 쓰러지며 어린 꽃순이가 되어 버렸다.

"꽃순아!"

단지 어려진 것만이 아니었다. 거칠게 숨을 몰아쉬고는 있었으나 눈동자가 텅 비어 있었다. 의지 따위 없는 인형 같은 상태로 돌아간 것이다.

"자, 새 주인을 찾아오거라!"

염이 크게 외치자 고요하게 고여 있던 삼색의 안개가 뭔가를 찾는 것처럼 이리저리 꿈틀거렸다.

"아아, 안 돼……."

구미호 할머니의 말은 거짓말이었던 걸까. 꽃순이가 염을 막을 수 있다고 했는데, 이럴 수는 없다. 나는 눈물을 흘리며 이미 죽어 버린 수많은 도깨비의 목숨은 어떡하느냐고 속으로 외쳤다. 제발 누가 나 좀 도와달라고, 제발 누가 나를 도와 지금 눈앞에서 벌어지는 이 상황을 막아 달라고 빌고 또 빌었다. 하도 간절하게 비는 통에 나는 어느샌가 따스하게 밀려들기 시작한 바람을 느끼지 못했다. 그 바람은 차분하게 나를 어루만졌고 어느 순간 나는 서서히 눈물을 그치고 마음의 평온을 되찾았다. 그때까지도 나는 여전히 내게 무슨 일이 벌어진 것인지 알지 못했다.

갑작스레 차분해진 마음에 의아하여 다시 눈을 떠 보니 여전히 삼색 안개는 춤을 추듯 너울거리며 새로운 주인을 찾아 법당 안을 헤매고 있었다. 그걸 뻔히 바라보고 있으면서도 나는 모든 것을 통달한 도인처럼 무심했다.

드디어 안개가 주인을 찾았는지 일렁임이 멈추었다.

그대로 얼어 버린 듯 잠시 고정되었던 안개가 놀라운 속도로 염에게 몰려들었다. 염은 그 모습을 바라보며 회심의 미소를 지었다. 동시에 내 몸을 감싸고 있던 바람이 움직였다. 부드럽게 그리고 편안하게 나와 꽃순이를 감싸고 있던 바람의 속도가 점점 빨라지더니 이내 거대한 소용돌이가 되었다. 염에게 몰려가던 삼색의 기운이 소용돌이 기운에 막혀 주춤거리는가 싶더니 순식간에 무서운 기세로 소용돌이에 휘감겨 빨려 들기 시작했다.

"안 돼!"

소용돌이가 빨아들인 안개는 저절로 그 중심에 있던 꽃순이에게로 쏟아졌다. 삼색 안개는 빨려 나갈 때보다 더 무시무시한 기세로 꽃순이에게 흡수되었다. 그제야 나는 바람의 존재를 알아차렸다. 그리고 지금 나를 돕고 있는 것이 바로 용이라는 것도 깨달았다.

눈물이 흘러내렸다. 용이는 무사했다. 다시 원래 있던 자리로 돌아간 것이다.

"거봐. 내가 그랬지?"

용이의 목소리가 들렸다.

"이제 다 해결될 거야. 조금만 참아."

또다시 용이의 목소리가 들렸고 삼색 안개는 더 이상

남아 있지 않았다. 분노한 염이 기묘한 주문을 외우기 시작했다. 그의 등 뒤로 자신의 생명을 불태워 만든다는 문양이 허공에 잔뜩 그려졌다. 나는 두렵지 않았다. 용이의 소용돌이는 여전히 우리를 강력하게 보호했다. 나는 용이가 나와 꽃순이를 지켜 줄 거라고 믿어 의심하지 않았다.

"내 일을 망치는 녀석은 설령 바람이라 해도 가만두지 않을 것이다!"

염의 외침과 함께 법당이 통째로 흔들렸다. 염의 등 뒤에 새겨진 불꽃의 문양들이 활활 타오르며 소용돌이를 향해 달려들었다. 나는 두 눈을 부릅뜨고 그 모든 것을 지켜보았다. 그는 절대로 용이를 해칠 수 없으리라. 순수한 자연에 대적할 수 있는 힘은 세상에 존재하지 않는다. 꽃이 피고 나무가 자라고 싹이 돋는 진리를 그 누가 막을 수 있단 말인가. 비록 일부를 빼앗겼다고는 하나 남겨진 부분에 비하면 먼지 한 톨에 불과할 것임을 나는 알았다.

역시나 염의 불꽃들은 소용돌이에 그대로 먹혀 버렸다. 염은 믿을 수 없다는 표정을 짓더니 다시금 주문을 외웠다. 아까보다 훨씬 더 많은 불꽃 문양이 빼곡하게 법당에 들어찼다. 그는 그것으로 만족할 수 없다는 듯 땀 흘리며 더욱 많은 문양을 만들어 냈다. 생명을 태워 사용하는 주술이라 들었는데 저렇게 많이 만들고도 멀쩡하다는 것은 염이 이제 더 이상 인간이 아니라는 증거였다.

문양은 마당을 가득 채운 것도 모자라 대문 밖까지 길게 이어졌다. 염도 절박했는지 땀을 흘리면서도 주문을 멈추지 않았다.

꽃순이가 일어났다. 다시 나만큼 자란 다 큰 처녀의 모습이었다. 꽃순이가 앞으로 나아갔다. 용이의 소용돌이에 휘말릴 걱정은 아무도 하지 않았다. 꽃순이는 세차게 몰아치는 바람의 장막을 너무나도 가뿐하게, 머리카락 한 올 휘날리지 않고 통과했다. 주문을 외우던 염은 그런 꽃순이를 보자마자 만들어 낸 모든 불꽃을 꽃순이에게 집중시켰다. 하지만 결과는 비참했다. 엿가락이 늘어지듯 쭉 늘어나 꽃순이를 감싼 소용돌이에 막혀 불꽃 문양 모두 폭발하고 말았다. 염은 힘이 빠져 바닥에 주저앉았다.

"세상 모든 도깨비를 다 취하고 바람의 힘까지도 취했는데…… 어째서!"

발악하는 염에게 대답하는 이는 아무도 없었다. 꽃순이만이 용이의 가호를 받으며 염에게 다가가고 있었다.

격노하던 염의 표정이 언제 그랬냐는 듯 한순간에 바뀌었다. 꽃순이에게 흡수되기 직전의 모든 도깨비가 그랬던 것처럼 그도 극한의 행복에 취한 표정이었다. 방긋 웃은 꽃순이는 그대로 두 손을 들어 그의 뺨을 어루만졌다.

염이 툭 소리를 내며 바닥에 쓰러졌다. 그리고 점점 말라비틀어지기 시작하더니 급기야 먼지가 되어 허공으로 흩어졌다. 멈춰 있던 그의 시간이 한순간에 흘러가 버렸다. 그리고 그와 동시에 용이도 사라졌다. 꽃순이만 유일하게 남아 찬란한 빛을 뿜어내며 내게 다가왔다.

"이제 네 소원이 이루어질 거야."

꽃순이의 손이 내 뺨에 닿았고 나는 정신을 잃었다.

"도련님!"

박 서방이 부르는 소리에 나는 화들짝 놀라 잠에서 깨어났다.

"아이고, 도련님. 하라는 글공부는 하지 않으시고 또 주무셨습니까?"

서안 위 팽개쳐진 서책을 보니 인상이 찌푸려졌다. 나는 보료 위에 드러누운 자세 그대로 서안을 발로 쭉 밀어 버렸다.

"아, 아무리 읽어도 뭔 뜻인지 모르겠는데 어쩌라고?"

퉁명스러운 내 대답에 문 앞에 앉아 있던 박 서방이 히죽 웃었다.

"뭐가 그리 좋은 것이냐? 지금 상전을 놀리는 것이냐?"

제법 눈에 힘을 주고 말했는데도 그는 히죽거리는 것을 멈추지 않았다.

"제가 장담하는데 지금부터 숫자 다섯을 다 세기 전에 도련님께서 뛰쳐나갈 것입니다."

"뭐? 어찌 그것을 장담하느냐? 나는 이 자리에서 꼼짝도 하지 않을 것이니라!"

"과연 그럴까요?"

"내기해도 좋다!"

박 서방이 또 히죽 웃었다. 그러더니 흠흠 헛기침하고는 근엄한 목소리로 입을 열었다.

"판의금부사 나리께옵서 지금 막 사랑채에 드셨습니다."

판의금부사? 나는 보료와 혼연일체가 되기라도 하려는 듯 늘어져 있던 몸을 벌떡 일으켰다.

"청우 아씨와 동행하셨지 말입니다."

"그걸 왜 이제 말하느냐!"

나는 한쪽에 밀쳐 놨던 서안에 걸려 넘어질 뻔하면서도 가까스로 균형을 잡고 뛰쳐나갔다.

따뜻한 봄바람이 사방에 가득했다. 정원에 온갖 꽃이 만발했지만 저 멀리 청우의 모습은 단연 그중에서도 으뜸

이었다. 청우가 나를 보기 전에 얼른 건물 모퉁이에 몸을 감추고 숨을 가다듬었다. 이마에 흐르던 땀도 좀 훔치고 숨이 평온하게 가라앉은 후에야 비로소 나는 건물 모퉁이를 당당하게 나섰다.

"청우 낭자 오시었소?"

"치욱 도련님 나오시었습니까?"

"낭자께서 우리 집엔 어인 일이시오?"

청우가 작게 웃었다. 거 웃는 모습 한번 곱다고 생각하는데 순간 뭔가 야릇한 기억 하나가 솟아올랐다. 낡고 색바랜 무명옷을 입고 활짝 웃는 어린 청우의 모습이었다. 판의금부사의 금지옥엽 외동딸인 청우는 태어나 단 한 번도 그런 옷을 입은 적이 없을 텐데.

"도련님께서는 제가 그리도 좋으십니까?"

순간 뜨끔했지만 나는 짐짓 아닌 척 헛기침을 했다.

"나는 다만 존경하는 판의금부사 나리께서 오셨다기에 인사차 나온 것뿐이오."

청우가 다시 키득키득 웃었다. 규방 아녀자답지 않은 웃음이었으나 그마저도 아름다웠다.

"도련님께서는 저의 아버님을 무척이나 사랑하시는 모양입니다."

"그건 또 무슨 궤변이오?"

나는 이해할 수 없었다. 결국 청우는 크게 웃음을 터뜨리고 말았다.

"하하하. 그렇지 않다면 어찌하여 버선발로 뛰쳐나오셨단 말입니까?"

나는 그제야 아래를 내려다보았고 민망하기 짝이 없는 내 버선발을 보았다. 저절로 얼굴이 붉어지는 것을 막을 수 없었다.

"어허, 나는 판의금부사 나리를 일찍이 존경하고 있던 바이오. 사내로 태어나 판의금부사 나리 같은 사람이 되는 것은 당연히 꿈꾸어야 할 일이니 응당 버선발로 뛰쳐나와 맞이해야 하지 않겠소?"

청우가 기어코 배를 잡고 웃기 시작했다. 나는 귀까지 빨개졌지만 아름다운 청우의 웃음소리를 들을 수 있어 행복했다. 한참이나 웃던 청우는 정색을 하더니 양손을 허리에 얹었다.

"정말이냐?"

드디어 청우다운 모습이 나왔다. 청우는 어디까지나 이런 모습이 가장 어울렸다.

"무엇이 말이냐?"

나 역시 평소 그녀를 대하던 모습으로 돌아왔다.

"나보다 우리 아버지가 더 좋냔 말이다."

"그렇다면 어쩔 것이냐?"

"그렇다면 지금 당장 사랑채에 들어가 하시던 말씀을 멈추시라 이를 것이다."

"어찌 감히 어른들 말씀하시는데 끼어든단 말이냐?"

"내 이야기를 하고 계실 터이니 당사자인 내 의견이 가장 중요하지 않겠느냐?"

"뭐? 무슨 이야기를 하고 계시는데?"

청우가 씩 웃었다. 다소 사내아이 같은 미소였지만 그마저도 청우는 아름다웠다.

"너, 나한테 고마워해야 한다."

"어째서?"

"네가 도통 용기를 내지 않으니 아녀자인 내가 용기를 낸 것이 아니겠느냐?"

"무슨 용기?"

"내가 아버지께 너와 혼인하게 해 달라 청을 넣었느니라. 하여 아버지께서 지금 네 아버지를 만나고 계시는 것이다."

"호, 혼인?"

얼굴이 후끈 달아올랐다. 그런 내 모습을 보고는 청우가 또 까르르 웃음을 터뜨렸다.

"사내놈이 어찌 그리 부끄러워하느냐?"

"그, 그러는 너는 어찌 아녀자가 그런 일에 눈 하나 깜짝하지 않느냐!"

민망하고 무안하여 버럭 소리를 지르고 말았다. 청우는 내 외침에 정색하더니 인상을 찌푸렸다.

"그럼 지금 당장 가서 취소해 달라 말할까?"

"아니, 어찌 그런단 말이냐! 이미 뱉은 말은 주워 담을 수 없는 법이다."

나는 서둘러 양손을 휘저어 반대하고는 와락 청우를 끌어안았다.

"이제 너는 내 것이 되는 것이냐?"

"바람이나 피우지 마라. 첩? 꿈 깨는 게 좋을 거야!"

"첩이라니, 조부님도 아버님도 조강지처 하나뿐인 것을 모르느냐? 집안 혈통이니 믿어도 좋다."

청우가 수줍게 얼굴을 붉혔다. 나는 청우를 끌어안은 팔에 힘을 주었다.

"형님, 애정 행각은 사람 없는 데서 하십시오. 마당 한복판에서 뭐 하는 짓입니까?"

한 손에 가죽신을 덜렁거리며 들고 있는 아우 용욱이 어머니와 함께 우리를 바라보며 웃고 있었다. 청우를 보고 이미 느꼈던 것 같은 이상한 느낌이 순간 들었다. 활짝 웃고 있는 용욱이를 보면서 뭔가 같은 얼굴이지만 묘하게 다른 어떤 이의 얼굴이 떠오른 탓이다. 하지만 계속 환히 웃는 용욱을 바라보자 그 얼굴은 순식간에 사라져 버렸다.

"거 신은 좀 챙겨서 다니시고요!"

용욱이 얌전히 내 앞에 신을 내려놓았다. 나는 냉큼 내 민망한 버선발에 신발을 신겨 주었다.

"어머니, 저도 조만간 장가를 가야겠습니다. 형님 내외 저러는 꼴을 보면서 어찌 산단 말입니까?"

"이 녀석아, 들어오는 혼처나 퇴짜 놓지 마라!"

나는 얼른 용욱이의 말꼬투리를 잡았다. 나와 청우의 관계는 이미 소문이 자자한 탓에 모든 혼담이 용욱이에게 쏟아지는 중이었다. 그러나 들어오는 혼처마다 족족 퇴짜 놓은 지 벌써 이 년째였다. 어머니가 작게 웃으셨다.

"청우 같은 색싯감이 있다면 얼른 가겠다더구나."

"어라, 너 지금 형과 형수를 두고 경쟁이라도 하겠다는 것이냐?"

"왜 말이 그렇게 됩니까? 형수님 같은 참한 낭자가 있으면 가겠다는 것이지 내가 어디 형수랑 혼인하겠다 했습니까?"

너무나도 태연하게 형수 소리를 내뱉는 우리 형제를 바라보며 청우의 얼굴이 더욱 붉어졌다.

"허허. 혼례를 올리기도 전에 너무들 자연스러운 것 아니냐?"

사랑채 문이 열리고 아버지와 청우의 아버지가 나왔다. 두 사람은 허허 웃으며 신을 신고 마당에 내려왔다. 아버지는 어머니의 고운 손을 한번 쓸어 주는 것을 잊지 않았다. 그것을 놓치지 않고 청우의 아버지께서 크게 웃었다.

"좌찬성 영감 내외도 그렇고 좌의정 영감 내외도 그렇고 금슬이 좋기로 유명하신 분들이시니 예비 사위야 말할 것도 없겠구려."

청우의 아버지는 정말 만족스러운 미소를 지으셨다.

행복했다.

'포기하지 않으면 반드시 기회가 온다.'

저는 어릴 때부터 이상한 상상을 하는 취미가 있었습니다. '뱀파이어가 한낮에도 무사히 살아갈 방법이 뭐가 있을까?' '좀비를 막으려면 어떤 집을 지어야 할까?' 하는 생각에 빠져 하루나 이틀쯤은 순식간에 보내고는 했죠. 그럴 시간에 좀 생산적인 일을 해 보라며 모두가 핀잔을 주거나 혼을 냈습니다. 상상하기를 멈출 수 없었던 저는 그 상상을 생산적으로 쓸 방법을 찾아냈습니다. 바로 파편화된 망상을 그러모아 하나의 이야기로 만드는 일이었죠. 꽤 재미있는 일이었습니다. 덕분에 세월이 흘러 전 웹소설 작가가 되는 데 성공했습니다. 이제 그 누구도 제 망상을 쓸모없다 말할 수 없으리라 생각했습니다. 하지만 불행히도 아니었습니다.

아시는 분은 아실 테지만 웹소설이라는 건 틀이 아주 명확한 장르입니다. 그저 터져 나오는 상상을 감당할 수 없어 글을 쓰는 제게 이 틀은 너무 어려운 존재였습니다. 쉽 없이 글을 써도 출간의 문턱을 넘는 작품은 손에 꼽을 정도였죠. 제게 좀 생산적인 일을 해 보라고 하던 사람들은 이제 쓸모없는 원고 따위 폐기하라는 말을 하기 시작했습니다.

『도깨비의 심장』은 폐기되어야 한다는 평을 받는 원고 중 하나였습니다. 초고를 완성한 날짜가 2013년 10월 24일. 어느 장르에도 완벽하게 들어맞지 않는 원고를 출간해 줄 출판사는 없었죠. 그러나 전 끝까지 포기하지 않았습니다. 결국 십 년이라는 세월이 흘러 웹소설이라는 담장을 넘어 더 넓은 세상의 기회를 잡았습니다. 때를 만나게 된 것이죠.

전동 킥보드가 요즘 길거리에 가득합니다. 많은 사람이 전동 킥보드가 요즘에야 생겨난 물건인 줄 알고 있습니다. 하지만 전동 킥보드는 1916년에 특허를 받은 물건이라지요. 그저 당시 상황에 맞지 않아 유행하지 못한 것뿐. 그러다 현재에 이르러 다시 유행하게 된 전동 킥보드.

이 작품과 아주 비슷하지 않나요? 태어난 때는 2013년이었지만 2023년에야 빛을 보게 됐으니까요.

　꿈이 있는데 도저히 빛이 보이지 않아 포기하고 싶다면 이 작품을 떠올려 보세요. 여러분은 저처럼 그저 때를 만나지 못한 것뿐입니다. 적절한 때가 되면 꽃순이의 마법처럼 짠 하고 기회가 나타날 거예요. 그 기회를 절대 놓치지 마세요. 그러기 위해서 포기하지 않는 것이 아주 중요하답니다.

종란

도깨비의 심장

© 종란, 2023

초판 1쇄 인쇄일 2023년 8월 18일
초판 1쇄 발행일 2023년 9월 1일

지은이   종란
펴낸이   강병철
편집   최웅기 정사라 최선우 박혜진
디자인   이도이
마케팅   이언영 한정우 전강산 윤선애 최문실
제작   홍동근

펴낸곳   이지북
출판등록   1997년 11월 15일 제105-09-06199호
주소   (04047) 서울시 마포구 양화로6길 49
전화   편집부 (02)324-2347, 경영지원부 (02)325-6047
팩스   편집부 (02)324-2348, 경영지원부 (02)2648-1311
이메일   ezbook@jamobook.com

ISBN 978-89-5707-497-8 (43810)

잘못된 책은 교환해 드립니다.

"콘텐츠로 만나는 새로운 세상, 콘텐츠를 만나는 새로운 방법, 책에 대한 새로운 생각"
이지북 출판사는 세상 모든 것에 대한 여러분의 소중한 콘텐츠를 기다립니다.

다. 오직 무당만이 남아 기세 좋게 제사상을 향해 외쳤다.

"박가 처화! 이 굿 받으시고 인제 그만 극락으로 떠나
시오!"

무당에게 대답이라도 하듯 열린 문짝이 거칠게 펄럭였
다. 귀신이 아닌 틀림없는 도깨비의 기운이 선명하게 느
껴졌다. 활짝 열린 장지문 너머로 안색이 파리한 젊은 청
년 하나가 누워 있었다. 나는 도깨비를 볼 수 있는 주문을
외우다가 식겁했다. 하얀 소복에 머리를 풀어 헤치고 입
가에 피를 묻힌 처녀 귀신이 무당을 노려보고 있었다.

"박가 처화! 인제 그만 극락으로……."

처녀 귀신이 휙 사라지자 무당이 억 소리를 내더니 고
꾸라졌다.

"이런 못된!"

처녀 귀신은 삽시간에 사라졌다. 이미 모두가 도망가
고 없는 너른 마당에는 단번에 숨이 끊어진 무당과 집주
인으로 보이는 혼절한 노부부 그리고 우리 일행뿐이었다.

"당장 모습을 드러내지 못하겠느냐!"

내가 크게 소리치자 미친 듯이 나부끼던 문짝이 덜컹
하는 소리를 내며 마당으로 굴러떨어졌다. 뒤이어 순식간
에 사방이 고요해졌다. 마당에 바늘을 떨어뜨린다면 그

소리도 들릴 것 같았다. 하지만 도깨비가 물러간 것은 아니었다. 나는 등골이 오싹했다. 사방 천지 고요하기 짝이 없는데 기이한 살기가 전신을 엄습해 왔다. 나는 부채를 움켜쥐고 잔뜩 긴장했다. 무당이 죽는 순간을 목격하기는 했으나 어찌 죽었는지는 도통 짐작이 가지 않았다. 그래서 귀신처럼 보이는 이 도깨비가 어떤 방식으로 나를 공격할지 감이 오지 않았다. 구석에 숨은 용이가 숨죽인 채 나를 바라보고 있는 게 느껴졌다. 손바닥에 끈적하게 묻어나는 땀을 느끼며 주먹을 움켜쥐었다.

고요히 마당을 가득 채우던 살기가 일시에 나를 향해 날아왔다. 마치 바람이 하나로 뭉쳐 창이 된 것처럼 공기 중에 흩어졌던 살기가 한데 뭉쳐 칼날처럼 날아왔다. 다행히 몸을 날려 피했지만 도무지 눈에 보이지도 않고 그저 느끼기만 할 뿐인 저 '살기'를 어떤 식으로 막아 내야 할지 감이 오지 않았다. 그 와중에도 살기는 나를 자꾸만 공격했다. 입술을 깨물고 연신 몸을 날리며 머리를 굴려 보았지만 눈앞이 캄캄했다.

약이 바짝 오른 살기가 더욱 기세등등해지더니 지금까지와는 비교도 되지 않는 속도로 나를 향해 달려들었다. 나는 젖 먹던 힘을 다해 몸을 날렸다. 겨우겨우 살기를 피했으나 메고 있던 봇짐 일부가 찢겨 나가고 무언가 둔탁한 것이 바닥에 툭 떨어졌다. 화장연이었다. 일시에 살기가 사라져 버렸다. 당황스러울 정도로 삽시간에 벌어진 일이었다.

나는 바닥에 떨어진 화장연을 주워 들었다. 집 안을 맴돌던 도깨비의 기운도 사라지고 없었다. 살기 역시 느껴지지 않았다. 혹시 화장연과 관계가 있는 것일까. 순식간에 죽은 무당이 안타까웠지만 무당 말고 다친 사람은 없었다.

"괜찮아?"

용이가 걱정스러운 표정으로 물어 왔다. 나는 씩 웃어 주는 것으로 대답을 대신했다.

달이 환하게 사방을 비추었다. 도깨비에 대한 걱정은 물러가고 현실적인 문제가 찾아왔다. 하나는 오늘 밤 이슬을 피할 방법이었고 둘은 그 장소로 꽃순이를 옮길 방법이었다.

"선비님! 선비님!"

다행히 다급히 달려온 머슴 하나가 두 가지 고민을 일거에 해소해 주었다. 우리는 귀한 대접을 받았고 잠시 후 노부부와 마주했다.

"우리 좀 살려 주게."

부부는 냅다 내 손을 잡았다. 도깨비와 대적하던 모습이 감명 깊었던 모양이다.

"힘닿는 데까지 노력해 볼 터이니 너무 걱정하지 마십시오."

나는 살짝 미소 지으며 노부부를 안심시켰다. 노부부는 그제야 겨우 손을 놓더니 한탄을 시작했다.

"어쩌다 귀신이 들린 건지 모르겠소."

"상대는 귀신이 아닙니다."

"귀신이 아니라니?"

갑자기 끼어든 마님을 향해 대감이 슬쩍 눈을 흘겼다. 마님은 얼른 입을 닫았지만 궁금한 것을 참을 수 없는 눈빛이었다. 나는 빙그레 웃었다.

"아까 제가 대면한 것은 분명 도깨비였습니다."

"그것 보십시오. 처화 그 아이가 그럴 사람이 아니라 하지 않았습니까?"

마치 대감을 타박하는 듯한 마님의 말투로 뭔가 사정이 있는 것은 알 수 있었으나 마님을 향해 눈을 부라리는 대감의 기세에 차마 물어볼 수 없었다. 그래서 나는 본연의 임무에 충실하기로 했다.

"혹시 최근 집에 새로 들인 물건이 있습니까?"

이 집에 위해를 가하는 도깨비가 집안사람에 의해 만들어졌을 리 없을 터였다.

"새로 들인 물건?"

"예. 귀한 물건일 수도 있고 그 누구도 눈여겨보지 않을 물건일 수도 있습니다만 필시 변고가 생기기 시작한 때를 같이해 집에 들어온 물건이 있을 겁니다."

"때를 같이해 집에 들인 물건이라……."

대감도 마님도 깊은 생각에 빠져들었다. 하기야 이 큰 집에 들락거리는 사람만도 한둘이 아닐 테니 쉬이 생각나지는 않을 것이다.

문득 도깨비가 화장연을 보고 공격을 멈춘 것이 생각났다.

"혹시 화장연과 관계된 물건은 없습니까?"

"화장연……. 아! 생각났네. 벼루였네."

"벼루요?"

"그래. 귀하디귀한 도하녹석으로 만든 벼루 하나를 예비 사돈에게 받았지."

"혹 예비 사돈과 무슨 일이 있으셨습니까?"

"그럴 리가 있나. 박 씨가 만든 벼루임을 알면서도 받을 수밖에 없을 만큼 대단한 집안인데 감히 우리가 어찌?"

"박 씨요?"

"그러니까 저기 산 밑 벼루 장인 박 씨 말일세. 좀 그렇거든, 우리랑."

대감은 인상을 잔뜩 찌푸리더니 장 위에 진열되어 있던 나무 상자 하나를 들어 서안 위에 올려 두고 다시 앉았다. 붉은 나전칠기 함은 한눈에 보기에도 귀해 보였다. 함을 열자 그 안에는 용 한 마리가 금방이라도 승천할 것처럼 생동감 있게 새겨진 벼루가 있었다. 분명 도깨비의 본체였다. 다만 긴가민가할 정도로 그 힘이 미약했다.

"송대에 이르러 더는 채굴되지 않는 도하녹석으로 만들어진 벼루라네. 오직 그 사실 하나만으로도 귀하기 짝이 없는데 저기 산 밑에 사는 박 씨가 만든 벼루이니 그 가치는 말로 다 할 수 없지. 박 씨와 그런 일만 없었다면 혼례를 증명할 증표로 주고받기엔 딱 알맞은 물건인 셈이지."

벼루 장인 박 씨와 뭔가 개인적으로 껄끄러운 관계이긴 하지만 그 재주만큼은 높이 산다는 말인 듯했다. 나는 둘 사이에 있었던 일에 초점을 맞춰 보기로 했다.

"혹시 괜찮으시다면 그 박 씨와의 일을 여쭈어도 될는

지요?"

나는 최대한 공손하게 머리를 조아리며 물었다. 대감은 한숨을 푹 내쉬었고 마님은 기어코 눈물을 흘리고 말았다.

"보았는지 모르겠지만 내게는 아들이 하나 있네. 워낙에 손이 귀한 집안인지라, 무려 5대 독자라네."

도깨비가 난리 칠 때 보았던, 파리하게 다 죽어 가는 청년이 딱 떠올랐다.

이름은 최자임. 최씨 집안의 5대 독자인 그는 나면서부터 귀하디귀하게 자랐다. 온 가문이 건 기대는 대단했다. 다행히 그 기대에 부응할 만큼 그는 능력도 출중했던 모양이다. 생김새도 나무랄 곳 없이 잘나서 자임을 한 번쯤 마음에 품지 않은 처녀가 없었다. 글공부 또한 실력이 출중하여 한양의 사부학당에 다니는 도령들과 비교해도 손색이 없을 거라는 평을 받곤 했다. 당연히 동네 사람들은 자임이 과거에 급제하여 최씨 가문의 명성을 이어 줄 거라 믿어 의심치 않았단다. 뭐, 어디까지나 부친이란 자의 입에서 나온 말이니 사실 여부는 모른다.

그런 자임에게도 사랑이 찾아왔다. 자임이 열여섯이 되던 해, 나라님께서도 흡족해 마지않는다는 벼루 장인 박 씨의 딸 처화를 보고 첫눈에 반했는데 운명이었는지 박 씨의 딸도 자임을 연모했다.

하지만 한양 명문가의 딸과 이어 주려고 수소문하던 중에 이 사실을 알게 된 자임의 부친은 불같이 화를 냈다. 결과는 불을 보듯 뻔한 일이었다.

처화와 자임은 헤어졌다. 자임은 그대로 몸져누웠고 처화도 비슷한 처지였다. 처화의 아비는 매일같이 찾아와 다 죽어 가는 딸을 한 번만 살려 달라고 애원했다. 하지만 자임의 부친은 기필코 한양 사대부와 혼사를 이루고자 했다. 결국 반대를 견디다 못한 처화는 병이 깊어 죽었다.

"그것이 무려 삼 년 전이라네."

"이후는 어찌 되었습니까?"

"별일은 없었네. 다만 자임이 약혼을 하게 되어 약속의 징표로 벼루를 받았고 이후는 알다시피⋯⋯."

"구체적으로 어떻게 되었습니까?"

"가장 먼저 우리 자임이 시름시름 앓기 시작하더니 밤마다 온 집안 식구가 악몽을 꾸게 되었네. 처화 그 아이가 나타나 서럽게 울거나 공격했는데 아침에 일어나면 꼭 꿈속의 처화에게 공격당한 부위에 상처나 멍이 있었다네."

대감은 그 말을 증명하듯 소매를 걷어 보였다. 팔에는

온갖 흉터가 가득했다.

"우리는 이 정도에 그쳤지만 자임은 말도 못 하네. 그 아이는 아침마다 피투성이가 될 지경이니……."

마님이 옷고름으로 눈물을 찍어 냈다.

나는 벼루 장인을 떠올려 보았다. 그는 선한 얼굴을 하고 있었다. 그런 사람이 이런 도깨비를 만들어 냈다고는 믿을 수 없었다. 무엇보다도 도깨비는 여자였다. 내가 아는 한 도깨비는 염원자와 같은 모습을 하고 있어야 했다.

"사정을 알았으니 제가 좀 더 알아보겠습니다."

나는 꾸벅 인사하고 꽃순이와 용이가 있는 방으로 돌아왔다.

"도깨비야?"

"응. 근데 좀 이상하네."

"뭐가?"

"여러 정황상 어제 우리가 묵은 집 아저씨가 염원자라고 보는 게 맞는데……."

나는 말끝을 흐렸다. 사부님도 선한 사람이라고 생각한 내게 과연 사람을 제대로 볼 능력이 있기는 한 걸까?

용이는 내 걱정을 콕 찍어 냈다.

"그런 고운 화장연을 만들 수 있는 사람이라면 그렇게

독한 도깨비는 만들지 않을 거라고 생각하는 거지?"

"그것도 그렇고, 어제 봤잖아. 도깨비가 여자였던 거."

"봤지."

"이런 적 있어?"

"아니, 아직."

"흙은 뭐 좀 알아낸 거 없대?"

용이가 고개를 저었다.

"우리를 돕기로 작정하고 따르면서 그의 힘이 약해진 모양이야. 이제는 땅 위에서 일어난 일이라 할지라도 전부 다 알 수가 없대."

"힘이 약해져?"

"응. 나도 인간의 형상을 취하면서 대부분의 힘을 잃고 말았거든. 그거랑 비슷해. 그래서 물과 불이 끼지 않으려는 거고."

의지를 갖고 적극적으로 나서기 시작하면서 힘을 잃는다. 아무것도 하지 않으려는 불과 물의 심정이 조금은 이해가 되는 순간이었다.

"졸리다. 생각은 내일 하고 자자!"

많이 피곤했던 듯 크게 외친 용이가 이부자리에 드러누웠다. 꽃순이는 이미 자는 듯 누워 있었다. 두 사람을 힐